LOVE-TÉLÉPHONE

DU MÊME AUTEUR
CHEZ LE MÊME ÉDITEUR

N° 1 : LE MONSTRE D'ORGEVAL
N° 2 : LE CARROUSEL DE LA PLEINE LUNE
N° 3 : L'ABOMINABLE BLOCKAUS
N° 4 : LES SÉMINAIRES D'AMOUR
N° 5 : LE MARCHÉ AUX ORPHELINES
N° 6 : L'HÉROÏNE EN OR MASSIF
N° 7 : UN CHANTAGE TRÈS SPÉCIAL
N° 8 : LES REQUINS DE L'ÎLE D'AMOUR
N° 9 : LA CITÉ DES DISPARUES
N° 10 : LE CYGNE DE BANGKOK
N° 11 : LA MANTE RELIGIEUSE
N° 12 : LE JEU DU CAVALIER
N° 13 : LA CROISIÈRE INTERDITE
N° 14 : LE HAREM DE MARRAKECH
N° 15 : LA MAISON DES MAUDITES
N° 16 : LA PERMISSION DE MINUIT
N° 17 : LES CAPRICES DE VANESSA
N° 18 : LA VIPÈRE DES CARAÏBES
N° 19 : LE VOYOU DE MONTPARNASSE
N° 20 : LES FILLES DE MONSEIGNEUR
N° 21 : LA NUIT ARABE DE MONACO
N° 22 : LA FERMIÈRE DU VICOMTE
N° 23 : LA PUNITION DE L'AMBASSADEUR
N° 24 : LA SECTE DES AMAZONES
N° 25 : LES SIRÈNES DE L'AUTOROUTE
N° 26 : LE BOUDDHA VIVANT
N° 27 : LA PLANCHETTE BULGARE
N° 28 : LE PRISONNIER DE BEAUBOURG
N° 29 : LES ESCLAVES DE LA NUIT
N° 30 : LES POUPÉES CHINOISES
N° 31 : LES SACRIFIÉES DU SOLEIL
N° 32 : L'EXÉCUTRICE
N° 33 : LA PRÊTRESSE DU PHARAON
N° 34 : UN CANAL ROSE POUR CIBISTES
N° 35 : LES FANATIQUES DE LA VIDÉO
N° 36 : LES ANGES DE PIGALLE
N° 37 : SOSIES SUR MESURE
N° 38 : LA MARQUE DU TAUREAU
N° 39 : L'ÎLE AUX FEMMES
N° 40 : LA CHÂTELAINE DE L'ORDRE NOIR
N° 41 : LA PRINCESSE DES CATACOMBES
N° 42 : LA DISPARUE DE SUNSET BOULEVARD
N° 43 : LE PARFUM DE LA DAME EN GRIS
N° 44 : LES FEMMES MYGALES DE CÔTE D'IVOIRE

Nº 45 : LA DANSE DES COUTEAUX
Nº 46 : LES AMANTS DE SINGAPOUR
Nº 47 : LA VEUVE DU LAC
Nº 48 : LES FANTASMES DU NOTABLE
Nº 49 : LA BÊTE DU LUBERON
Nº 50 : CARNAVAL À VENISE
Nº 51 : LES NUITS BLANCHES DE LA TOUR EIFFEL

MICHEL BRICE

BRIGADE MONDAINE

LOVE-TÉLÉPHONE

PLON

Les dossiers Brigade mondaine de cette collection sont basés sur des éléments absolument authentiques. Toutefois, pour les révéler au public, nous avons dû modifier les notions de temps et de lieu ainsi que les noms des personnages.

Par conséquent, toute ressemblance avec des personnes existantes ou ayant existé serait totalement involontaire et ne relèverait que du hasard.

ISBN : 2-259-01092-X

CHAPITRE PREMIER

Brigitte remua des fesses au milieu du lit et se retourna lentement sur le ventre avec un rire de gorge qui fit monter et descendre, sous la chemise pressionnée en vichy et le soutien-gorge à balconnets, deux missiles sol-air de chair tendre et rose à faire se retourner dans sa tombe le premier qui a eu l'idée d'inscrire la concupiscence dans le catalogue sulfureux des sept péchés capitaux.

— Tu ne crois pas que tu attiges un peu ? roucoula-t-elle d'une voix d'orage mais dans un anglais impeccable.

Sauf l'accent français qu'elle avait de plus en plus de mal à garder, vu que ça faisait maintenant un bail qu'elle vivait aux States. Seulement l'accent, l'accent *french*, c'était obligado dans le contrat. Pas question de l'oublier, Tim avait avait été extrêmement strict là-dessus. Chaque fille, en plus des spécialités demandées, avait sa particularité. Beverly, par exemple, c'était le vocabulaire. Etudiante en physique nucléaire, elle n'avait pas son pareil pour faire délirer ses correspondants avec des comparaisons relevant de l'étude des intéractions de la matière. Ça paraissait incroyable, mais il y en avait énormément qui aimaient ça, de se sentir comparés, au moment de l'explosion, à un *linear accelerator* (1) en train de se déchaîner en plein champ magnétique et de cracher ses protons et ses électrons... Il en fallait pour tous les goûts. Tim avait parfaitement dosé son personnel féminin spécialisé dans le *private call* (2). Il y avait des littéraires, capables de vous réciter au bout du fil les poèmes particulièrement « chauds » de Walt Whitman ou des passages spécialement carabinés de *Sexus,* un best-seller d'Henry Miller longtemps interdit aux Etats-Unis où le héros lui-même se balade de femme en femme avec dans la culotte des problèmes de plomberie intime en fin de compte plus facile à résoudre, si l'on en croit l'auteur, que les affaires habituelles des robinets de salle de bains qui fuient ou des joints à changer. Il y avait aussi l'allumeuse mystique : ça c'était le job d'Allaire, une petite brune ronde de partout avec des fesses tentatrices à faire croire que la pomme fatale du paradis terrestre s'était dédoublée. Allaire pouvait débiter au téléphone, avec une voix à faire chavirer des bataillons entiers de cow-boys sevrés de femmes depuis la Conquête de l'Ouest, des versets complets du *Hatayogapradîpikâ,* un texte sacré de yoga tantrique, cette drôle de religion indienne qui vous promet le salut en vous envoyant en l'air. Ce qui après tout n'a rien d'étonnant puisque le comble de l'orgasme c'est aussi le septième ciel. Allaire avait beaucoup plus pratiqué le yoga tantrique à l'université de Berkeley que la bio-génétique pour laquelle ses vieux parents, au fond du Kansas, s'étaient saignés aux quatre veines pour lui envoyer ses sept mille dollars annuels. D'ailleurs, la biogénétique

(1) Accélérateur linéaire, ou accélérateur des particules. Accélérateur d'énergie permettant aux physiciens d'étudier la structure de la matière.

(2) Appel téléphonique personnel.

avait reculé dans les brumes, dès qu'elle avait connu Julius Constantinou, un New-Yorkais d'origine grecque débarqué en Californie, cet Etat béni des dieux climatiques, pour y déverser la sagesse hindoue sur cette société en déroute où les cultes fleurissaient avec autant d'ardeur que les oranges. Julius Constantinou officiait sur une péniche à Sausalito, le petit port de pêcheurs qui fait face à San Francisco, au creux de la baie. Tout en bas, au pied des collines couvertes de maisons blanches où vivent des gens bronzés toute l'année. Un peu comme si Saint-Tropez se trouvait à treize kilomètres de Paris, de l'autre côté du pont de Saint-Cloud.

Il y avait aussi d'autres collègues de Brigitte. Comme Jerry qui savait vous susurrer des mots d'amour avec la bouche crémeuse d'une Marilyn (Monroe, *of course*) ressuscitée. Ou encore Brix, la Norvégienne polyglotte qui passait de l'anglais à l'italien, du portugais à l'allemand, de l'espagnol au russe, avec la facilité d'un ordinateur de la cinquième ou sixième génération — ceux qui seront doués de la parole, de l'initiative, des sentiments les plus complexes de l'espèce humaine, et qui nous laisseront le choix entre devenir leurs esclaves fidèles et disciplinés et l'embarquement pour la première fusée en partance pour d'autres mondes hypothétiques et peu respirables. Brix connaissait dans toutes les langues qu'elle parlait toutes les cochonneries qu'on peut dire pour transformer en massue de chair palpitante la chose plus ou moins flaccide que les hommes transportent avec eux à la pointe de leur ventre et qui fait leur orgueil depuis des millénaires. On l'appelait Brix, des quatre coins des Etats-Unis pour s'entendre aimer en trente-six langues comme par un harem international.

Brigitte haleta un peu.

— Tu veux vraiment que je fasse ça ? murmura-t-elle d'une voix mourante.

La voix arriva avec un tout petit peu de retard. Les Etats-Unis, c'est vaste comme l'Atlantique, et l'Illinois, d'où l'appelait Earl Hawthorne qui s'était présenté comme éleveur de volailles et de porcs, n'était pas la porte à côté. Un peu en dessous de Chicago, là-bas, à l'autre bout du continent. Un climat méchant et hargneux. Dix centimètres de neige en ce moment, fin janvier.

— *Necessity is the mother of invention* (1), rigola-t-il d'une voix quand même oppressée.

Brigitte gigota sur le grand lit, ce qui eut pour effet de faire saillir ses fesses sous le pantalon corsaire en vichy ultra-serré. Des fesses d'autant plus bouleversantes que leur double volume explosait en relief entre une dépression profonde due à des reins archi-creusés par une cambrure naturelle, et des jambes interminables parfaitement galbées, avec des muscles de nageuse olympique.

— OK, soupira-t-elle. Tu sais que, pour toi, je suis prête à tout, Earl.

Elle le tutoyait, l'appelait par son prénom. Elle connaissait son métier, sa situation de famille — trois enfants, trois divorces, trois pensions alimentaires et un quatrième remariage en train de craquer qui allait se transformer sous peu en une quatrième pension alimentaire. Bref, elle savait à peu près tout de lui. A commencer par ce qui lui trottait dans la tête, côté fantaisies sexuelles insatisfaites. On ne devait pas s'amuser tous les soirs, dans l'Illinois. L'Amérique du Nord, ou plutôt les Etats-Unis, c'est un grand désert puritain avec aux deux bouts ses deux mégapoles du délire sexuel. Sodome et Gomorrhe. New York à l'est, la ville gothique

(1) Nécessité est mère d'invention.

post-moderne aux gratte-ciel fous et aux détraqués de tous les sexes grouillant sous les néons. San Francisco à l'ouest, la dernière merveille du monde pour les *gays* (1) du monde entier, une sorte de jardin suspendu des délices et des délires. La capitale des plaisirs homosexuels et autres, qui a l'air bâtie sur pilotis au-dessus du Pacifique, entre brumes et ciel, attendant la fin du monde derrière ses façades de bois et de verre giflées par les vents de l'océan comme un décor pour films-catastrophe. Un peu plus bas encore, toujours en Californie, il y avait la troisième Babylone américaine, Los Angeles, mais est-ce qu'on pouvait appeler ça une ville ? Quatre mille kilomètres carrés où un urbaniste fou aurait précipité pêle-mêle panneaux publicitaires gigantissimes, *drive-in*, gratte-ciel compacts de bureaux en verre, acier et ciment, *barrios* pour ouvriers mexicains misérables et collines à villas délirantes de milliardaires, le tout entortillé dans un réseau de *freeways* à quatre étages comme un plat de spaghetti électroniques ou un immense bretzel de ciment confectionné par un pâtissier maniaque. Brigitte y avait vécu assez longtemps, avant son divorce, pour connaître. Quand elle s'était installée à San Francisco, il y avait six mois, elle avait eu l'impression de faire un voyage dans le temps, de revenir de l'An 3000 dans des années plus proches des nôtres, disons l'an 2000 ou 2100...

— Tu l'as près de toi ? haleta Earl Hawthorne, l'éleveur de porcs de l'Illinois qui se payait comme chaque vendredi après-midi sa virée téléphonique dans la quatrième dimension du sexe.

Brigitte regarda près d'elle, sur le grand lit de taille *king* où auraient pu tenir toutes les concubines d'un sultan de l'Arabie heureuse, les deux petites

(1) Homosexuels.

sphères creuses en plastique lisse d'environ trois centimères de diamètre chacune que reliait une cordelette de nylon. Un peu dans le genre des « clic-clac », ces petites boules qui ont fait fureur chez les enfants il y a quelques années et qu'il fallait entrechoquer le plus vite possible avec des bruits de castagnettes accélérées.

— Je les ai, oui, fit-elle en tirant sur la cordelette lentement.

L'éleveur de volailles souffla dans le récepteur.

— Attends, haleta-t-il, tu vas te déshabiller. En me disant exactement tout ce que tu fais. Tout, tu entends ? Je veux *voir.* Tout voir !

C'était ça le grand problème, et qui demandait une science consommée. Leur faire *voir.* Leur décrire ce qu'on faisait avec assez de précision, de suggestivité, pour qu'ils aient l'impression d'être là, avec vous, de vous toucher. Même s'ils se trouvaient à cinq mille kilomètres, à l'autre bout des Etats-Unis, comme Hawthorne. Ils voulaient voir par l'oreille. Par la parole de leur correspondante. Ça nécessitait des talents très particuliers. En général, Brigitte sortait vidée de ses journées de « travail », même si c'était un drôle de moyen de gagner sa vie qu'elle avait trouvé, après son divorce. C'est plus difficile qu'on ne croit, de faire bander un homme par téléphone. Un homme qui ne vous a jamais vue, qui ne vous verra jamais, qui ne connaîtra jamais de vous que votre prénom. Le grand atout de Brigitte, c'était son origine. Française. Une réputation qui tient bon, outre-Atlantique, même si les autres prestiges de la France ont depuis longtemps sombré dans les oubliettes de l'Histoire. Les Françaises et l'amour... Ça flanque encore le vertige aux Américains habitués à leurs compatriotes qui font souvent ça comme une performance sportive, ce qui rend la chose à peu près aussi érotique qu'une séance de jogging matinal. Il y a celles qui considèrent l'amour comme une annexe de l'aérobic. Celles qui ne demandent pas mieux à condition qu'on leur procure un peu de coke et un demi Qualude (1). Celles qui refusent si vous n'avez pas chez vous le *hot-tub* (2) réglementaire qui leur permet de se relaxer avant. Celles enfin qu'il faut raccompagner à neuf heures du soir chez elle parce qu'elles doivent être en forme le lendemain matin pour leur séance de méditation transcendantale. Enfin il y en avait pour tous les goûts. Le Women's Lib n'avait pas arrangé les choses. Il n'avait fait qu'apporter des prétextes idéologiques et théoriques à beaucoup d'Américaines qui avaient dans le sang la raideur puritaine de leurs lointains ancêtres protestants d'Allemagne, d'Angleterre ou des pays scandinaves. Pas étonnant que des récentes statistiques sur la vie sexuelle du mâle américain aient révélé que quatre-vingt-dix-neuf pour cent d'entre eux pratiquaient la masturbation au moins deux fois par semaine. Comment déjà les sexologues appelaient-ils la masturbation, ici ? Ah, oui : *la seconde épouse* du mâle américain...

D'où le succès inouï de la petite entreprise où travaillait Brigitte : un *love-by-phone*. Une société tout ce qu'il y avait de plus officielle fondée par Timothy Greenglass deux ans auparavant. La première à San Francisco. Et qui tenait la tête au hit-parade des love-by-phone, avec ses cinq cent mille appels par jour venus des quatre coins des Etats-Unis. Un business en or qui avait un bel avenir devant lui. Vu que l'Amérique de toutes les folies, de toutes les libérations des mœurs et de tous les épanouissements sans entraves, c'est aussi le pays de la solitude, de la peur d'aimer, de la non-

(1) Pilule qui relâche les muscles et a un effet secondaire aphrodisiaque.

(2) Bains importés du Japon, équipés d'un jet chaud tournant.

communication, et de ce nouveau mal qui commence à répandre la terreur dans certaines agglomérations où plus personne ne se parle, étant donné que tout le monde est en voiture : l'infarctus par manque de contacts humains ! Un type de crise cardiaque qui se développe en ce moment, à New York ou à Los Angeles, comme une épidémie. D'où les love-by-phone, comme celui de Tim, qui commencent à faire fortune en combinant les prouesses de l'électronique, les fantasmes masculins, le développement des systèmes de crédit bancaire, et la peur des hommes de claquer de solitude plus sûrement que par le cholestérol ou l'hypertension.

Sans quitter le récepteur qu'elle tenait dans la main droite, Brigitte se mit à genoux au milieu du lit.

— Je vais commencer, annonça-t-elle. Ecoute-moi bien.

L'éleveur soufflait comme un phoque au bout du fil.

— Comment es-tu habillée ?

Elle commença à se décrire. Chemise et pantalon corsaire en vichy. Hawthorne ne voyait pas bien ce que c'était, le vichy. Brigitte s'attarda à écrire les petits carreaux bleus. Puis la coiffure. Blonde, bouillonnante, genre choucroute Bardot en 1960. Crêpée à s'en arracher le cuir chevelu.

— Bardot ? interrogea l'homme invisible de l'Illinois.

— Notre vedette nationale en France, il y a vingt ans, murmura-t-elle. Tu sais bien. Le sex-symbol : *Et Dieu créa la femme, Cette sacrée gamine, Babette s'en va-t'en guerre...*

L'autre s'épanouit. Brigitte Bardot avait jadis traversé l'Atlantique et laissé des traces profondes dans les fantasmes masculins. La super-star française de la sensualité roulant des hanches et des seins à donner le mal de mer à tout un équipage de la marine marchande. Le style BB revenait en force. Un come-back de vichy, d'accroche-cœurs et de pantalons corsaire zippés sur le mollet. Normal. Après la mode années 50, les « fifties » comme on dit, on abordait les « sixties ». La mode devenait un éternel retour de plus en plus accéléré. Au train où ça allait, on n'allait pas tarder à voir revenir les « seventies » et leurs « maxis » indiennes genre hippy ou baba-cool. Puis ce serait les « eighties » en pleines « eighties » et, là, ça deviendrait coton pour continuer le petit jeu.

La fausse BB de San Francisco releva les bras pour rejeter en arrière sa crinière d'or qui lui balayait le visage.

— Je vais me déshabiller, fit-elle d'une voix enveloppante.

Elle posa le récepteur sur le lit et allongea le bras vers l'étagère où se trouvait le téléphone à touches, équipé d'un amplificateur de son qu'elle ouvrit, de manière à pouvoir continuer à parler sans être obligée de tenir le combiné.

La voix de l'éleveur de l'Illinois éclata dans la pièce minuscule qu'occupait presque entièrement le grand lit.

— Commence par le pantalon ! ordonna-t-il.

Les ongles peints en carmin de Brigitte glissèrent vers la large ceinture de cuir blanc. Elle annonça ce qu'elle faisait.

— La fermeture Eclair, fit l'autre d'une voix hachée. Approche-toi du micro. Je veux entendre.

Pas question de simuler, ou de faire n'importe quoi. Les ordres de Tim étaient stricts. On ne trichait pas avec le client, qui s'en apercevait presque toujours, à un vague décrochement de la voix, moins tendue, moins précise. Pas de comédie. Du vrai. On faisait tout. Tout ce que voulait le correspondant. On faisait l'amour avec lui. Par téléphone.

L'éleveur de porcs eut les tympans doucement chatouillés par le zip du pantalon corsaire qui descendait le long du ventre de Brigitte.

— Fais glisser le pantalon, maintenant ! ordonna-t-il. Doucement. En remuant les fesses. Tortille-toi. Je veux que tu te tortilles...

Si les clients le désiraient, ils pouvaient les noter. Tim virait sans pitié celles qui ne dépassaient pas la moyenne. Pas question de garder les tocardes. On ne faisait pas de sentiment avec le business, de l'autre côté de l'Atlantique. Ça avait des inconvénients, évidemment. Mais ça faisait aussi que chacun prenait ses responsabilités, et ne se sentait pas « assisté » comme en Europe. La loi de l'offre et de la demande. L'Empire des plus doués, des plus forts, des plus culottés. Les faibles, les malchanceux, les *losers,* allaient grossir la population des chômeurs. On était toujours plus ou moins sur la corde raide, aux Etats-Unis. Pas question de s'endormir sur ses lauriers. Au fond, ça ne déplaisait pas à Brigitte. A dix-huit ans, elle avait pris une fois pour toutes l'habitude de compter uniquement sur ses propres forces. Avec un moral de battante, de gagnante, qu'elle n'avait jamais perdu. Même aux pires moments.

— Arrête sur les hanches, la bloqua la voix de Hawthorne. On doit voir ton slip. Il est comment ?

— Noir, souffla Brigitte. En dentelle noire.

Elle glissa les yeux vers son ventre très doucement bombé dans l'échancrure libérée par le pantalon. Dans la lumière tamisée, la fuite de sa peau mate de blonde intégrale s'ourlait d'un très fin duvet d'or translucide.

— En baissant mon pantalon, mon slip a commencé à descendre, décrivit-elle avec une précision de commissaire-priseur plutôt sulfureux. On voit le début de mes poils...

La voix d'Hawthorne fit des clappements de glotte suffoqués.

— Bouclés ? Très bouclés ?

— Bouclés et blonds, murmura-t-elle. Une longue ligne dorée sur la dentelle noire. Je continue ?

— Vas-y.

Hawthorne n'était pas pressé. Il avait son vendredi après-midi. Le jour où sa femme faisait ses courses, au Shopping Center, et terminait la journée à jouer au bridge avec des amies. Lui, il arrêtait de travailler à quatorze heures. Week-end élargi. Les deux heures qu'il passait tous les vendredis avec Brigitte lui coûtaient trois cents dollars (1). Payables par carte de crédit bien sûr. Un usage infiniment plus répandu qu'en France. Aux Etats-Unis, le papier-monnaie fait partie des espèces en voie de disparition. On règle tout, ou presque, par cartes. Comme presque tous les Américains, Hawthorne en avait tout un jeu multicolore. Pas besoin de signer quoi que ce soit, on communiquait son numéro de carte et une autorisation verbale de débit. Le standard du love-by-phone prenait en note. Ainsi que le numéro du permis de conduire, pour identification. Puis le nom de la banque et le numéro de compte. On raccrochait. Le temps pour la standardiste d'appeler une entreprise spécialisée dans la vérification des crédits, et de donner l'ordre de débit. Puis on rappelait en PCV. Le tout demandait au maximum dix minutes. Miracle des ordinateurs et de la révolution informatique.

Hawthorne ne regrettait pas ses trois cents dollars hebdomadaires de rêve. Il achetait de l'amour par téléphone comme on commande une pizza au traiteur du coin. Ensuite il se sentait plus léger pour affronter le week-end conjugal, les reproches de Deborah, sa mise en plis rituelle du samedi avec

(1) Environ deux mille quatre cents francs.

rouleaux dans les cheveux toute la journée, et la nuit de frustration et de solitude auprès d'une femme qui, depuis la naissance de leur dernier enfant, avait complètement oublié que sa bouche ou son ventre pouvaient éventuellement servir à autre chose qu'à des fonctions dites naturelles parce que les êtres humains, depuis qu'ils sont sur cette terre, n'ont pas encore vraiment accepté de considérer l'amour comme une fonction elle aussi naturelle.

Le pantalon avait maintenant glissé jusqu'aux genoux de Brigitte, entraînant le slip noir qui s'était roulé autour de son élastique. A genoux sur le lit, elle décrivait minutieusement à son correspondant la végétation touffue et dorée qu'elle venait de libérer, au bas de son ventre superbe arrondi juste ce qu'il fallait. Une véritable forêt claire, surprenante chez une blonde, aussi transparente qu'abondante, et qui ne cachait malgré tout rien du sexe qui commençait haut, traçant sa longue fente de nacre humide entre deux renflements roses dont le ton devenait de plus en plus soutenu au fur et à mesure qu'on descendait entre les cuisses vers des profondeurs mauves. Elle fit ce qu'il lui demandait, son index glissant en séparant sa toison jusqu'à ce qu'elle ait atteint la saillie corail du clitoris, comme un minuscule radar de chair palpitant imperceptiblement.

— Tu es excitée ? glapit-il au bout du fil. Tu es mouillée ? Tu es troublée ?

Elle se renversa, sentant ses doigts qui s'inondaient peu à peu à son propre contact.

— Oui, lâcha-t-elle d'une voix faible.

En face d'elle, au pied du lit, il y avait une grande glace qui lui renvoyait son image écartelée, le pantalon aux chevilles, le slip noir coupant les mollets, ses cuisses entrouvertes, les creux de l'aine, et la vertigineuse perspective fuyante au fond de laquelle elle ouvrait elle-même son propre ventre dans un frémissement de plaisir commençant.

— Maintenant ! ordonna Hawthorne. Je veux que ce soit maintenant.

A sa voix, elle devina qu'il avait lui-même dû se libérer de son pantalon et tenait entre ses mains un engin viril prêt à exploser et à cracher comme un nid de mitrailleuse.

Brigitte saisit les deux boules en plastique, attachées par la cordelette de nylon. Vendredi dernier, Hawthorne avait ordonné qu'elle ait cet accessoir pour la prochaine séance. Des « boules de Geisha », comme on dit généralement. Mais on les appelle aussi parfois « perles thaïlandaises » ou « sphères d'amour japonaises ». Ce qui est certain, c'est qu'elles ont été inventées dans ce Sud-Est asiatique où les raffinements érotiques ont, de tout temps, été très en avance sur ceux d'Occident. Brigitte les avait achetées la veille dans Chinatown, le quartier Chinois de San Francisco.

— Je les ai, murmura-t-elle. Je vais les glisser dans mon ventre...

— Lentement, fit l'éleveur de l'Illinois. Entre les grandes lèvres d'abord. Fais les monter et descendre...

Les deux sphères creuses furent aspirées par l'ouverture rose sombre de son sexe dont les grandes lèvres, légèrement distendues, commencèrent à les avaler. La cordelette roulée au bout d'un doigt, elle les fit aller et venir comme il disait. A chaque mouvement, des poids minuscules, des espèces de petites billes de métal circulant librement à l'intérieur des sphères, les faisaient basculer et vibrer. Brigitte commença à se sentir secouée de frissons jusqu'aux épaules.

— Retourne-toi, éclata la voix amplifiée par le haut-parleur du téléphone, comme les ordres d'un dieu invisible et lubrique remonté de l'enfer rien que pour lui faire perdre la tête. Je veux que tu gémisses. Et en vrai, hein ? Pas de triche.

Elle grogna qu'elle ne trichait jamais, en évoluant sur elle-même, roulant d'une hanche à l'autre au milieu du lit, de sorte qu'elle se retrouva à plat-ventre, la bouche contre le drap rouge, tout près du micro du téléphone.

La semaine dernière, quand on avait fait les comptes, Tim lui avait annoncé qu'elle était la mieux notée pour la cinquième semaine consécutive au hit-parade des standardistes de l'amour. En partie grâce à des gens comme Hawthorne, d'ailleurs.

— Prends-toi, prends-toi, bafouilla l'éleveur de l'Illinois. Pas dans le ventre. Dans le...

Les fesses de Brigitte saillaient. Admirablement nues et blanches et bombées. Des fesses qui, depuis qu'elle les avait montrées pour la première fois à un homme, à dix-huit ans, avaient le pouvoir de rendre dingues tous ceux qui avaient eu cette faveur. La première fois, c'était loin maintenant, aussi bien dans l'espace que dans le temps, mais elle s'en souvenait encore. A dix mille kilomètres de là, en France, près de Lisieux, dans une chambre d'étudiant... C'est là qu'un garçon de son âge l'avait vue nue pour la première fois. Roger... Qu'est-ce qu'il était devenu, depuis ? Leur escapade au Maroc avait plutôt mal tourné pour lui, puisqu'il avait fini par être arrêté comme trafiquant de drogue. Il avait pu écoper de combien ? Cinq ? Dix ans ? Peut-être qu'il était sorti, qu'il avait bénéficié d'une remise de peine ? C'était étrange, de penser qu'il y avait dans le monde un homme qui se baladait et qui avait été son premier amour. Sa première déception aussi. Cuisante.

Elle chassa ces souvenirs d'un autre monde. Depuis, elle avait, en quelques années, vécu plus de vies que sa malheureuse mère n'en avait vécu en cinquante ans.

Elle se secoua. La voix résonnait, la rappelant à l'ordre.

— Je me caresse, fit-elle d'une voix écrasée par la couverture du lit dans laquelle s'enfouissait sa bouche.

Sa main droite était descendue vers son dos puis ses reins, gagnant dans une caresse les deux hémisphères de sa croupe magnifique, qu'elle sépara, dévoilant son intimité aux chairs roses et délicates. Mais c'est plus haut qu'elle s'arrêta, tout près d'un petit cercle brun légèrement plissé qu'elle effleura d'abord plusieurs fois comme si elle hésitait, avant que son index commence à s'y enfoncer très lentement, comme Hawthorne le lui avait demandé.

— Voilà, fit-elle, oppressée, je suis en train de me...

Elle décrivit avec une grande minutie de détails l'endroit où son index commençait à rentrer puis ressortait et rentrait encore, accélérant peu à peu son va-et-vient comme dans un anneau de velours dont elle connaissait bien l'élasticité, lentement « éduquée » amant après amant, depuis qu'elle avait conquis de haute lutte sa pleine et entière liberté.

— Je suis là, sur toi, fit l'éleveur d'une voix hachée. C'est moi, que tu as dans les reins, en ce moment, pas ton doigt. Tu as tout mon poids sur toi. Tu me sens, hein, tu me sens ? Je te mords l'oreille droite, je...

— Oui, feula Brigitte faiblement.

— Tu creuses les reins, tu te raidis, tu te resserres, je suis en toi, tu m'emprisonnes, je te défonce...

— Oui, fit-elle d'une voix rauque. Oui !

Elle s'empala carrément et se mit à se posséder avec sauvagerie comme si ça n'avait pas été son doigt qui s'était introduit dans le puits serré de sa croupe, mais la hampe mâle, durcie, battante de désir, de son client, de son amant téléphonique qu'elle ne verrait jamais mais qui savait pourtant la faire jouir, rien qu'en parlant, en allant jusqu'aux extrêmes frontières de la précision et de la minutie la plus maniaque.

Elle se planta en elle-même, avec un halètement sourd, et sentit contre la légère paroi de chair qui la séparait de son ventre, au fond d'elle, le roulement accéléré des deux « sphères d'amour » dont les billes de métal basculaient follement et vibraient comme si elle avait « avalé » un flipper en folie. Possédée partout, elle ressentait une impression de plénitude incroyable. Elle sentit une vague brûlante rouler du fond de son corps et monter, poussant vers ses lèvres un cri d'orgasme fantastique. Les yeux clos, la bouche distendue, elle s'abandonna à son hurlement.

A l'autre bout de la ligne, dans l'Illinois, on jouissait aussi, bruyamment et à longs traits. Une fois de plus, Brigitte Quentin n'avait pas volé les cinquante dollars que ces deux heures d'amour allaient rapporter à Tim.

Même si, de l'amour, ce n'était que le fantôme.

***

A quelques kilomètres de là, dans un autre quartier de San Francisco, un homme d'une quarantaine d'années se levait et traversait la pièce exiguë où dix cigarettes fumées presque à la suite les unes des autres faisaient flotter un brouillard plus épais que celui qui, en cinq minutes parfois, monte de la baie et noie tout San Francisco.

Nerveusement il ouvrit la fenêtre, offrant au froid son long visage blafard au crâne entièrement chauve comme si le Créateur, en le fabriquant, avait pris pour modèle un de ces pains de sucre qu'on trouvait autrefois dans les épiceries et qui ne se vendent plus, à présent, que dans certains magasins du tiers-monde.

Le grand vent, venu directement des immensités du Pacifique, appliqua sa gifle géante sur sa face en lame de couteau. La pluie cinglait les façades. Lourde, brutale comme une mousson d'Extrême-Orient. Il avait commencé à pleuvoir au début de janvier, juste après les fêtes de Noël et du Jour de l'An. Depuis, ça n'arrêtait plus. Avec des coins de ciel bleu tout de même de temps en temps. Et d'immenses déchirures lilas, le soir, quand le soleil s'abîmait dans l'Océan moutonneux, blanc d'écume. Depuis quinze ans qu'il vivait dans la baie, il n'avait jamais vu ça. Un déluge perpétuel... Avec de temps en temps des vents à vous précipiter d'une voie à l'autre, quand vous traversiez le Bay-Bridge en voiture... A la télévision, on commençait à parler de cataclysme. Des collines se transformaient en coulées de boue, entraînant des villas de milliardaires. La route de la côte était coupée, après Carmel, par des éboulements du côté de Big Sur.

Il regarda vaguement la cascade de villas blanches, bleues, roses, qui descendaient vers le port invisible. Des petites maisons de bois comme des jouets, des villas de poupées. Aussi « européennes » que les gratte-ciel qui les côtoyaient, dressés comme d'immenses écueils d'acier, de béton ou de verre, l'étaient peu. San Francisco, c'était ça aussi : la juxtaposition de buildings de quarante étages et de demeures victoriennes en bois, le tout jouant à monter et à descendre les innombrables collines de la presqu'île.

Il se secoua, frissonnant, et referma la fenêtre. En bas, dans Grant Avenue, une rue de North Beach, le quartier de San Francisco qui ressemble le plus au Saint-Germain-des-Prés de Paris, au Soho de Londres ou au Greenwich Village de New York, il n'y avait pratiquement personne. Quelques parapluies sous lesquels on devinait des hommes ou des femmes pressés d'aller se mettre à l'abri. Et les voitures qui filaient en rugissant entre les boutiques, les boîtes de jazz, les cabarets et les night-clubs.

Il revint vers l'étrange matériel qui s'amoncelait sur la table de sa chambre.

— La garce, gronda-t-il en français. Elle est vraiment douée. C'est elle, il n'y a aucun doute. Elle, et personne d'autre.

Au milieu de l'amoncellement de gadgets électroniques — en particulier des micros émetteurs, du genre qui permet d'espionner vos voisins grâce à des faisceaux hertziens, les mêmes que ceux qu'utilisent les radios FM, des rallonges électriques, des accumulateurs à cellules solaires — un poste de radio standard trônait.

Branché exactement sur la fréquence du micro émetteur mixte de la taille d'une boîte d'allumettes installé dans le téléphone qu'utilisait habituellement Brigitte Quentin, dans sa chambre de l'entreprise de love-by-phone de Timothy Greenglass, tout en bas de la ville, sur les quais d'Embarcadero...

L'homme au crâne en pain de sucre avait d'abord pensé à utilisé un *infinity transmitter*, le dernier cri de l'informatique d'espionnage. Mais cet appareil comprenant un micro et un décodeur ne permet d'écouter que ce qui se passe dans une pièce, par les communications téléphoniques. Au contraire il faut bloquer la ligne de votre « victime » pour que ça marche. Donc, aucun intérêt dans le cas présent, il avait par conséquent préféré un micro émetteur. Utilisable à n'importe quelle distance du lieu que vous voulez espionner.

Il passa la main sur son occiput où un déluge de napalm semblait s'être acharné à lui désertifier la chevelure.

— Ce sera ce soir, pensa-t-il. Ce soir ou jamais.

Il regarda sa montre à affichage digital.

— Encore quatre heures, se dit-il. Et puis...

Fébrilement, il tripota les boutons de sa radio. Un halètement qu'il connaissait bien jaillit dans la pièce minuscule qu'il louait cent dollars, dans Grant Avenue, au patron d'une petite boîte d'électronique située deux étages au-dessous. Un bricoleur de génie, entre parenthèses. Un technonut (1), comme on dit dans ce royaume de software qu'est la Californie. Une nuit, il avait enregistré directement, sans micro, le Golden Gate en personne ! En collant des petites boîtes sur les piles du pont et les câbles. Le résultat était fantastique. On n'entendait pas les voitures mais les tensions, les grondements, les soupirs, les étranges mélodies de l'énorme structure métallique du géant qui enjambe la baie. Une extraordinaire symphonie de musique concrète avec laquelle il avait gagné un joli paquet de dollars.

L'homme au crâne nu sentit brusquement le sang lui monter à la tête. En même temps qu'une ondée de sueur le trempait. Quand il suait, il le savait, il sentait très fort. Il puait, même. Du moins, c'est ce que Pamela, sa femme, ne se gênait pas pour lui répéter.

Très loin dans Downtown, au bout de la ville, le long des quais et de la mer, dans une minuscule chambre, Brigitte Quentin s'était remise au travail avec un nouveau client.

Un lyrique, cette fois.

— Tu es ma sorcière, ma sirène, ma panthère, murmurait-il avec un fort accent new-yorkais. Tu me lèches, tu me griffes, tu me lacères, tu me tues.

Brigitte haletait.

— Ton clitoris se gonfle comme une fleur, une anémone de mer, une tulipe rouge sang...

(1) Dingue de la technique.

Brigitte commença à moduler un râle faible.

— Salope, salope, rugit l'homme au crâne pyramidal en se précipitant sur le poste radio pour le couper. Puisque tu sais si bien gémir, tu vas être servie.

Son regard s'était bloqué. Bleu métal. Comme drogué. Il n'avait rien pris, pourtant. Mais il y a des flashes pires que la pire drogue. Le shoot absolu, pour lui, ça allait être dans quatre heures.

CHAPITRE II

Brigitte Quentin regarda les chiffres verts qui s'alignaient dans un des cadrans du magnétoscope, juste sous le poste de télé. Une heure du matin. Plus qu'une heure de travail.

Le vendredi, elle faisait partie de l'équipe de nuit. Heures supplémentaires payées double. Le love-by-phone de Tim Greenglass fonctionnait vingt-quatre heures sur vingt-quatre comme un standard téléphonique habituel. Logique : avec les décalages horaires de l'immense Amérique, il fallait être tout le temps disponible. La Californie, le Nevada et l'Arizona sont situés sur le fuseau du Pacifique qui est en avance d'une heure sur celui des Rocheuses, de deux sur le Centre et de trois sur celui de la Côte Est.

Elle alla vers le Frigidaire et en sortit une cannette de bière. Greenglass faisait bien les choses pour ses employées. Chambre tout confort, réfrigérateur, télé, magnétoscope pour attendre, pendant les éventuels temps morts entre les clients. Il y avait même une minuscule salle de bains. Quelquefois, ce n'était pas du luxe. Il lui arrivait de se dépenser vraiment beaucoup, si le client était exigeant.

Elle avala une gorgée de bière. Pensant aux cent dollars qu'elle gagnait à l'heure. Aujourd'hui, en travaillant quatre heures, elle avait gagné quatre cents dollars. Sans compter les cinq heures de la nuit qui triplaient presque le gain de l'après-midi : en tout mille quatre cents dollars (1). A ce train-là, elle allait pouvoir se l'acheter, sa maison sur les collines de Tiburon, en face de San Francisco. La villa dont elle rêvait. Tout en verre, avec des minces montants de bois bleu et blanc. Face au miroir pâle de la baie et aux brouillards magiques qui enveloppaient et découvraient alternativement les courbes parfaites et majestueuses du Golden Gate.

— Woooahooo, souffla-t-elle, je suis crevée. Ils m'ont mise à plat.

C'était chaque fois comme ça, les clients du vendredi. Ils en avaient rêvé toute la semaine, d'être aimés. Qu'on fasse attention à eux, qu'on les désire ou qu'on leur en donne l'impression. Alors ils profitaient des premières heures du week-end, lequel commence plus tôt qu'en Europe, pour se déchaîner. Pendant que madame faisait ses courses hebdomadaires au Shopping Center. Ou se relaxait dans un sauna. Les paumés de l'amour, aux Etats-Unis, ça grouillait. Pas étonnant si les love-by-phone commençaient à pulluler. Seulement, aucun n'avait encore distancé celui de Tim Greenglass. Le mieux organisé, le plus performant de la Côte Ouest.

« Dans six mois j'arrête », se redit-elle pour la énième fois. Et je reprends mes études. J'aurai assez amassé pour voir venir.

Ça lui trottait dans la tête depuis quelque temps, l'idée de reprendre le chemin de l'Université. Sur la côte californienne, les universités, ce n'est pas ça qui manque. Ça pousse comme les piscines, les orangers et les palmiers. Un immense campus coupé d'agglomérations, de San Francisco à Los Angeles. Universités d'Etat ou privées, d'où on sortait en général avec des diplômes qui vous

(1) Environ onze mille deux cents francs.

ouvraient pas mal de portes. Brigitte Quentin, qui avait stoppé naguère ses études sur un coup de tête à dix-huit ans commençait à se dire que les plus belles choses ont une fin et que les meilleures aventures sont celles qui se terminent bien. Depuis son adolescence orageuse, quand elle avait rompu les ponts avec ses parents, il s'en était passé des choses, pour elle. Des bonnes et des pires que mauvaises. L'enfer ou presque, parfois. D'où elle s'était toujours sortie avec pas mal de baraka. Ce qui ne durerait peut-être pas éternellement.

Elle secoua ses cheveux blonds façon Bardot.

« Il faut savoir terminer une jeunesse », monologua-t-elle.

Quand on a eu une adolescence orageuse, qu'on a appris en quelques mois tout ce que les hommes cachent de bien en eux et tout ce qu'ils recèlent de plus infernal, quand ça s'est passé alors qu'on sortait de sa cambrousse et d'un CES normand, et quand de tout cela on s'en est tirée avec les honneurs de la guerre, c'est du feu qu'on a dans les veines, et pas près de s'éteindre. Ce feu-là avait porté Brigitte aux quatre coins du monde, y laissant une traînée de poudre, de délires, de déboires et de plaisirs. Où elle avait toujours réussi jusqu'ici à tirer son épingle du jeu.

« Raison de plus pour faire une fin », songea-t-elle.

A vingt-cinq ans ça faisait drôle, « faire une fin », dans sa bouche large et sensuelle à hurler que bien des hommes encore s'y perdraient, s'y rueraient et y exploseraient avec des halètements sauvages.

Et seraient prêts à toutes les folies pour garder auprès d'eux cette petite merveille de science de l'amour, et de tendresse aussi parfois, quand ça en valait la peine.

Elle se retourna sur le lit. A droite, était punaisée une grande carte du monde. Elle aurait pu y pointer les étapes de sa vie bien remplie. A commencer par ce point minuscule même pas mentionné, à l'ouest d'un hexagone ridiculement petit qui s'appelait la France. Un petit village tout près d'une petite ville nommée Lisieux. Où elle avait grandi. D'où elle était partie. Echappant à l'enfer familial. C'est-à-dire à un père sous-chef de station à la SNCF, bourré d'alcool du Premier janvier à la Saint-Sylvestre.

— Quel chemin, soupira-t-elle, presque admirative, un doigt contre la lèvre inférieure.

Son premier bond de géant, ça avait été à des milliers de kilomètres vers le sud. Dans la chaleur des vents alizés qui berçaient Essaouira, l'ancienne Mogador, au Maroc. Puis Marrakech. Une seconde naissance. Dans la souffrance, l'horreur, le plaisir, la fascination... Elle revit l'athlète aux yeux noirs, aux mâchoires de fauve, qui lui faisait l'amour comme un bulldozer doué de tendresse, à la *Mamounia,* le grand hôtel de Marrakech. Konrad Muller, son premier vrai amant, son premier vrai maître.

Elle se secoua.

— Du passé, s'écria-t-elle. Fini, envolé, disparu à jamais le harem de Marrakech (1) !

Sur la glace, un badge autocollant lui faisait de l'œil : « I love San Francisco. » En rouge sur fond noir, avec un cœur à la place du mot « love ». Un genre d'inscription qu'on trouve partout, sur toutes les vitrines, dans toutes les rues, à San Francisco. On vend des tee-shirts qui en sont imprimés, des cendriers, des briquets, des stylos, n'importe quoi.

Une petite lumière écarlate clignota sur une des touches du téléphone. Encore un appel.

« Le dernier, pensa-t-elle. Ensuite, je me tire. »

Elle se rua sur l'appareil. Professionnelle, de nouveau. Impossible d'ailleurs d'être distraite :

(1) Voir Brigade Mondaine n° 14, *Le Harem de Marrakech.*

réglementairement, les rideaux des chambres étaient toujours hermétiquement clos pour qu'elles ne soient pas distraites, ces « demoiselles du téléphone » d'un genre que n'avait sûrement pas prévu l'austère bostonien Graham Bell, en 1876, l'inventeur de ce génial instrument dont l'usage ne demandait qu'à être perverti.

— Allô ?

Brigitte était à nouveau dans le bain. Celui du désir des autres. Du désir de milliers d'inconnus paumés à travers le vaste désert de l'amour américain.

***

Dans la nuit californienne zébrée de pluie, un crâne étrange en pain de sucre oscillait d'une rue à l'autre.

— Bordel, jura Maxence Chenavard. Jamais vu un temps pareil à San Francisco.

A vrai dire, il s'en moquait. Depuis que sa décision était prise, il vivait dans une espèce de bulle infernale. Une sorte de navette spatiale psychique l'isolant du monde extérieur, celui des vivants « normaux ». De ceux qui n'allaient pas commettre le crime auquel il s'était résolu. Une quatrième dimension mentale de démence et de désir.

Dans le vent et la pluie, tout San Francisco claquait comme un immense bateau prêt à appareiller. Les gratte-ciel s'étaient allumés derrière les petites maisons de bois à couleur pastel qui escaladaient les pentes raides des collines. Les taxis jouaient à saute-mouton d'un toboggan à l'autre. Un vieux pick-up Studebacker passa au ras du trottoir, l'aspergeant d'une gerbe d'eau boueuse qu'il ne remarqua même pas.

En haut, dans la poisse du ciel ravagé par des pulsions climatiques folles venues des immensités du Pacifique, un Boeing 747 tournait en clignotant. Il devait y avoir dedans des passagers qui allaient atterrir pour la première fois à San Francisco et qui, par les hublots, regardaient la vaste agglomération étalée comme un ordinateur fluorescent le long de la mer.

— Plus qu'une heure, pensa Maxence Chenavard.

Ses pas l'avaient porté peu à peu du côté de Folsom Street, un des quartiers chauds et très gays de San Francisco. Une sorte de faubourg pouilleux de hangars et d'usines abandonnées transformés en clubs très fermés qu'on appelait les *glory holes*. Il y en avait aussi pour les hétérosexuels. Moins stricts dans le tri des clients. Un dollar et on était membre du club. Chenavard n'avait encore jamais osé y entrer.

« Après, se promit-il. Après Brigitte, j'essaierai. »

Après Brigitte, tout serait possible. Il serait... Comment dit-on ? Débloqué. C'est ça.

A ras du trottoir, une bouche d'égout fumait. Une colonne blanche énorme montant jusqu'à deux mètres du sol comme un solfatare. De l'autre côté de la rue, on jouait le grand péplum porno qui faisait toujours fureur chez tous les désaxés de la ville : *Caligula ;* un film où Malcom Mac Dowell incarnant l'empereur monstrueux de la décadence romaine massacrait, éventrait, châtrait, décapitait, sodomisait, violait, pendant trois heures de technicolor et Dolby stéréo.

Dans la nuit cinglée d'averses de la capitale de la folie américaine et de l'immoralité absolue, Maxence Chenavard, quadragénaire au-dessus de tout soupçon qui gagnait quarante-huit mille dollars par an — son salaire de professeur titulaire d'une chaire à l'University of San Carranza (Californie) — se sentait l'âme d'un Caligula au milieu des lumières sulfureuses de cette ville de nulle part qui n'avait pas volé ses initiales : S F.

San Francisco. Et aussi Science-Fiction.

La mégapole qui, assise sur une zone sismique particulièrement menaçante, installée sur un des points les plus fragiles de l'écorce terrestre, attend dans la décadence, la démence et le vice, le jour où elle sera balayée de la carte du monde.

***

Deux heures du matin. Brigitte venait de fermer à clé la porte de sa chambre-bureau. Elle glissait sur ses ballerines roses. Silencieusement le long du couloir, sur la moquette vert pomme. Derrière les portes, d'autres filles travaillaient encore. Elle reconnut la voix de Brix, la polyglotte, qui débitait des obscénités en polonais à un « amant » qu'elle ne verrait jamais mais qui, les yeux fermés, à trois mille kilomètres de là, s'était facilement persuadé que, la bouche largement ouverte, elle l'avalait lentement jusqu'au fond de la gorge, le suçant à petits coups de langue. Le mordillant, le léchant.

Un peu plus loin, il y avait Jerry qui était en train de chantonner avec la voix de Marilyn Monroe dans *Some like it hot.*

Plus loin encore, il y avait Allaire, la copine préférée de Brigitte. Celle-ci poussa doucement la porte et, s'embrassant le creux de la paume droite, lui envoya silencieusement un baiser symbolique, en soufflant dessus.

Allaire lui répondit de la même façon. Sans cesser de débiter ses trucs tantriques érotiques où il était question de *linga* et de *yoni* (1) en train de faire des choses compliquées.

Brigitte s'arrêta devant la porte de l'ascenseur qui devait la conduire au parking, en sous-sol.

(1) En sanscrit, le « linga » désigne le sexe de l'homme et le « yoni » celui de la femme.

***

Elle détestait prendre Lombard, sur North Beach. La rue la plus sinueuse du monde. Une curiosité que tous les touristes vont voir. Un toboggan, non seulement en pente raide, mais aussi en lacets entre les petites maisons blanches à bow-windows. En bas, on apercevait un bout de la baie, malgré la nuit. L'eau y faisait une flaque d'encre.

La Volkswagen orange de Brigitte, vitesse enclenchée en première pour plus de sécurité, faisait des bruits asthmatiques de moteur en descendant Lombard. A San Francisco, il n'est pas recommandé d'avoir des voitures européennes. C'est-à-dire dépourvues de cette boîte automatique qui vous permet, par exemple, si vous êtes bloqué au sommet d'une côte à pic par un feu rouge, de redémarrer sans repasser au point mort, c'est-à-dire sans risque de reculer.

Elle descendait à dix à l'heure avec sa vieille caisse achetée mille dollars six mois avant. En pensant à Sammy. Son second divorce qui avait disparu depuis près d'un an. Résultat pour elle : plus de pension alimentaire.

Ce n'était pas demain qu'elle pourrait se payer l'Américaine de ses rêves, ruisselante de chromes et de gadgets. Une Packard ou une Buick. Pas demain non plus qu'elle pourrait rejouer dans les rues en pente raide la poursuite automobile à couper le souffle de *Bullitt,* un polar qui a fait fureur il y a quelques années et dont le clou était une équipée sauvage de bagnoles sur les montagnes russes de San Francisco.

Elle était beaucoup trop absorbée par l'opération délicate qui consistait à descendre Lombard et à arriver en bas saine et sauve, pour remarquer la grosse voiture noire qui la suivait, épousant lentement, mais sans difficultés, elle, les entrelacs du toboggan.

Une Buick. La voiture de ses rêves.

***

Derrière le pare-brise de la Buick stoppée en bas de Lombard, à l'angle de Jones, Maxence Chenavard suivait mentalement l'ascension de Brigitte dans l'immeuble victorien peint en rose. Cinq étages à pied d'abord, il savait tout ça, il avait repéré les lieux la veille.

— Maintenant, elle devrait réapparaître, pensa-t-il en se penchant encore un peu plus.

Les essuie-glaces tranchaient ras la pluie qui se reformait tout de suite en un déluge ininterrompu.

— La voilà !

Au cinquième, il fallait emprunter un escalier extérieur en bois qui conduisait au sixième. Un minuscule appartement en terrasse d'où Brigitte dominait la baie. Le logement était exigu mais l'espace lui venait du dehors. Tout l'espace. Vue imprenable sur le grand théâtre de nuages, de brumes et d'embruns, de la mer, comme sur les gradins géants de la ville.

Chenavard suivit la minuscule silhouette qui gravissait, là-haut, la trentaine de marches de l'escalier extérieur comme suspendu dans le vide. Avec effet de vertige pour ceux qui n'ont pas le pied marin, vu que les marches en bois branlaient plus ou moins, cinq étages au-dessus de la rue, et qu'on ne pouvait s'accrocher qu'à la rampe, une longue barre de métal rouillé.

— Elle y est presque, pensa-t-il.

Il passa lentement une main tremblante sur son crâne aussi nu que pointu.

— C'est le moment, dit-il tout haut d'une voix qui le surprit, tant elle était chevrotante.

De toute façon, son désir faisait le travail pour deux. La fièvre qui lui tapait aux tempes s'était substituée à sa volonté.

Il décrocha le téléphone de bord de la Buick.

***

Brigitte n'avait pas eu le temps d'allumer dans la salle de séjour, l'unique chambre de son appartement. Elle s'était ruée en entendant la sonnerie. Des coups aigrelets, haletants, rien à voir avec les longs hurlements grelottants et stridents du téléphone, en France.

Elle n'avait même pas refermé sa porte. Ça aussi, Maxence Chenavard l'avait prévu. Elle allait raccrocher, vaguement déçue qu'il n'y ait personne au bout du fil et un peu intriguée, lorsqu'elle comprit qu'elle n'était plus seule dans la nuit de son logement.

A l'odeur.

Une sorte de puanteur forte de mâle venait de la porte laissée ouverte. De la sueur d'aisselles et des odeurs de tabac refroidi. Et aussi quelque chose d'animal beaucoup plus âcre, indéfinissable.

Elle se pétrifia.

— Qui est là ? hurla-t-elle.

Elle brandissait le récepteur, comme une arme dérisoire. En contrejour sur la longue baie vitrée qui fermait le living sur deux côtés, elle formait une cible idéale.

Silhouette menue, longue, fine, plaquée contre l'immense ciel aux nuages chavirés par le vent comme des montagnes et rougis d'en dessous par les lumières de la ville, comme un incendie pétrifié.

— Qui est là ? glapit-elle à nouveau, au bord de la crise de nerfs.

La « chose » inconnue bondit sur elle et elle fut enveloppée de l'odeur âcre avant même qu'il ne la renverse à terre. Elle sentit deux mains brûlantes, une poitrine trempée à la fois de pluie et de sueur, l'étoffe d'une veste mouillée. La main gauche se referma autour de son cou, tandis que la droite se plaquait sur son visage. Armée de Kleenex en tampon imbibés de chloroforme.

Elle battit l'air des deux bras. Le récepteur téléphonique lui échappa et atterrit sans bruit sur la moquette, au bout de son fil tirebouchonné élastique.

Se sentant chavirer dans l'inconscience, elle essaya de planter ses ongles dans le visage de l'inconnu. Aveuglée, elle rata sa cible. Ses doigts s'enfoncèrent dans la chevelure, où ils se crochèrent convulsivement dans une masse de boucles abondantes.

Etrangement, elle eut l'impression que la chevelure cédait, s'arrachait au cuir chevelu de l'agresseur, flottait dans le vide.

« Comme un fantôme », pensa-t-elle, au bord de l'abîme.

Elle entendit encore très loin dans Nob Hill ou dans Chinatown le glapissement précipité d'une sirène de police. Elle se dit que c'était le dernier bruit de la vie qu'elle allait capter, avant le grand plongeon et une mort absurde.

Un raz de marée de chloroforme chassa le peu d'air qui lui restait dans les poumons. Elle se vit, intérieurement, devenir elle-même un point minuscule à l'horizon de sa conscience qui s'éteignait.

Puis ce fut la panne de secteur. Plus de son. Plus d'image. Plus rien.

Le professeur en *Humanities* de l'Université de San Carranza regarda sa proie longuement.

Deux rigoles de sueur descendaient de son crâne déplumé de vautour. A force d'être bleus, ses yeux devenaient blancs.

— Elle a son compte, apprécia-t-il.

Il alla refermer la porte du logement de Brigitte et commença à s'activer. Une mise en scène précise, rapide, qu'il avait longuement répétée dans son esprit, tous ces derniers jours.

D'abord la déshabiller. Son pantalon de vichy corsaire, son slip noir, son corsage, son soutien-gorge à balconnets.

Il laissa sa paume effleurer les pointes dures et roses des seins, dressées comme des crayons. Puis le ventre plat et tiède. Les cuisses. L'épaisse toison chatoyante dont les boucles blondes crépitaient sous ses doigts.

— Petite Française, murmura-t-il en français.

Lentement, il la retourna sur le ventre.

— Dire qu'on est compatriotes ! s'esclaffa-t-il.

Elle lui offrait maintenant involontairement ses fesses magnifiques, ses reins creusés marqués de deux fossettes, comme des poinçons. Et le troublant sillon qui fendait sa croupe et qu'il écarta lentement, ouvrant ses cuisses, dégageant une intimité couleur corail aux muqueuses chaudes et parfumées.

— Ce que c'est que le hasard ! grogna-t-il encore avec un sourire aigu.

N'importe qui à sa place, devant ces fesses admirables, d'autant plus impressionnantes qu'elles s'arrondissaient et s'épanouissaient au-dessous d'une taille minuscule, aurait senti quelque chose tressaillir au bas de son ventre.

Pas Maxence Chenavard. Justement.

S'il avait bandé devant une fille nue, comme presque tous les hommes, Brigitte n'en serait pas là. Ni lui, bien sûr.

Il grimaça.

— Chiennerie, gronda-t-il.

Il ramassa le récepteur téléphonique toujours décroché et muet. Il écouta un instant : il entendait vaguement le roulement de la ville, en bas, au croisement de Lombard et Jones. Le téléphone intérieur de sa Buick était resté lui aussi décroché. Après qu'il ait fait le numéro de Brigitte.

Il empoigna le récepteur et le dirigea vers l'ouverture des cuisses de la jeune femme. C'était un combiné moderne beige. Très « design ». Il glisserait mieux que les anciens appareils qui avaient des reliefs moins « aérodynamiques ».

Sa main gauche se glissa entre les fesses, dégageant les lèvres du sexe, l'ouvrant en le massant doucement, entre les deux renflements de toison blond qui s'écartaient.

Il se sentit devenir rouge écarlate. Comme si tout son sang se rassemblait entre ses tempes. Le récepteur téléphonique était maintenant à l'entrée du sexe béant. Il sentit qu'un vide immense, caverneux, se creusait dans son estomac. Soudain, sauvagement, il enfouit le récepteur entre les deux hémisphères charnus avec un grognement sourd.

Brigitte n'eut même pas un tressaillement. Elle était partie dans un long coma. Il recula. Regardant l'intersection des cuisses de la fille, où le téléphone était avalé presque tout entier. Ne sortait plus d'elle que le long fil tirebouchonné qui la reliait au combiné. Comme une sorte d'étrange cordon ombilical de plastique. Sinistre et dérisoire.

Il eut un hoquet hystérique.

— La voilà plantée ! explosa-t-il.

Il lui restait encore du boulot à faire pour que tout soit parfait. Un nouveau tampon de chloroforme pour prolonger un peu le sommeil. Cette fois collé au visage de Brigitte avec des bandes adhésives. Inutile qu'elle crie dans son agonie.

Puisque agonie il allait y avoir dès qu'il aurait ouvert les robinets de la gazinière, dans la kitchenette-placard, au fond du living...

Avant, il fallait encore qu'il ramasse sa perruque. Et qu'il place la cassette qu'il avait emportée avec lui sur l'appareil hi-fi de Brigitte. Volume au maximum.

Il enfila des gants de latex transparents.

Les yeux fous, il se mit au travail.

Avec quelque chose qui commençait à le chauffer, au bas du ventre. Rien qu'à l'idée des préparatifs.

Enfin !

Quand il eut terminé sa mise en scène, Chenavard jugea du spectacle.

L'employée du premier love-by-phone ouvert en Californie gisait par terre, à plat ventre, poignets liés l'un à l'autre dans le dos par des cordons de nylon. Chevilles attachées aussi. Bouche close à jamais par le tampon anesthésiant collé par des rubans d'Albuplast qui rayonnaient en étoile sur son visage.

Les robinets de la gazinière étaient ouverts, dans le fond de la pièce. Chuintant doucement leur haleine de mort lente.

Pas de traces. Pas d'indices. Brigitte ne l'avait même pas vu. Même pas entendu. De toute façon, on ne revient pas d'entre les morts pour donner des indices à la police. Les asphyxiés c'est discret.

Et puis, il y avait ces deux points essentiels de la mise en scène qui commençaient à lui réveiller des tiraillements de virilité endormis depuis si longtemps.

Le téléphone d'abord qui lui défonçait le ventre comme un godemiché bizarre.

Et puis la cassette qui commençait à tourner. Muette pour le moment. Dix minutes de silence avant que « ça » ne commence. Ça aussi il avait prévu.

Dix minutes, c'était amplement suffisant pour redescendre jusqu'à la Buick et s'y enfermer.

Et y jouir enfin comme il l'avait choisi. Comme ses fantasmes détraqués l'y contraignaient.

Sa seconde vie commençait enfin.

La vraie.

CHAPITRE III

Affalé sur les coussins de cuir de sa Buick noire garée, tous feux éteints, au bas d'une des rues les plus célèbres de San Francisco, Maxence Chenavard nageait dans un bonheur dont toute sa raison d'agrégé de Lettres, de Philosophie et d'Histoire, aurait dû lui hurler qu'il était pourri jusqu'à l'âme, qu'il puait et qu'il allait l'entraîner en enfer.

Pour l'instant, il voguait au paradis des désaxés. Avec dans les oreilles la plus douce musique qui, pour lui, soit au monde. Une expérience ahurissante, extraordinaire.

Il avait enfin gagné. Il avait réalisé son rêve.

Au bout de dix minutes de silence, comme prévu, la cassette avait commencé à se faire entendre. Une musique lente, d'abord, pianissimo, un mouvement de danse modulé autour d'un thème unique passant d'un instrument à l'autre sur fond de rythme obsédant, martelé, obstiné, du tambour.

Maxence Chenavard s'affala sur les banquettes de la Buick. En extase. Le récepteur de son téléphone de bord coincé entre son épaule et son oreille.

Buvant la musique. *Sa* musique. Le rythme enroulé et déroulé comme un lasso sensuel du thème unique qui allait lentement s'amplifiant, comme un crescendo de plaisir.

Le *Boléro* de Ravel. Son morceau. Le seul, à vrai

dire, à produire sur lui un tel effet. Sur ses nerfs déglingués. Sa sexualité chamboulée. Ses cellules grises d'intellectuel dont le cerveau avait brusquement craqué, un jour, implosé comme un tube cathodique fêlé qui n'en finissait plus maintenant de produire ses ondes de choc.

Les sens exacerbés par la fatigue, l'insomnie, l'excitation, il se gorgeait de la mélodie qui résonnait là-haut, chez Brigitte, dans l'appartement du sixième étage, et dont les instruments peu à peu se superposaient savamment, graduellement.

Trois Chinois passèrent le long de la Buick. Maigres et vieux, cheveux blancs, visages fermés. Incapables d'imaginer ce qui se passait à l'intérieur de la longue carrosserie noire luisante de pluie.

Le plus extraordinaire, pour Chenavard, c'était par où passait la musique. Assourdie par la position du récepteur téléphonique de Brigitte, et pour cause !

Emprisonné dans l'intimité de la jeune femme, l'appareil de Bakélite transmettait la musique grandissante du *Boléro* à travers tout un réseau de bruits sourds, d'obscurs battements cardiaques, de borborygmes organiques confus. Et même un long râle continu qui devait être le chant du cygne de l'agonisante.

La bouche ouverte, cherchant de l'air, renversé sur le siège, Chenavard se mit à cogner le tableau de bord de la Buick des talons de ses chaussures. Maintenant plus rien ne comptait pour lui, que ce plaisir abominable qu'il prenait et dont la mort d'une Française blonde était la première condition.

Une mort qu'il écoutait en quelque sorte de *l'intérieur* d'elle. Comme s'il avait pu lui-même rentrer dans son ventre. S'y faufiler entièrement. Redevenir fœtus mais avec toute sa conscience d'homme doublée d'une attention maniaque, obsédée.

Rien qu'un embryon. Il n'était plus qu'un embryon monstrueux lové dans le ventre d'une femme par le truchement de deux appareils téléphoniques.

Et « observant » sa mort du dedans. Comme jamais personne ne voit la mort de quiconque. Dans le plus intime, le plus secret du corps de Brigitte.

Au rythme tumultueux et frénétique du *Boléro* qui montait peu à peu, acharné et sourd, irrésistible comme un orgasme approchant.

Il se sentit brusquement durcir, sous son pantalon. Les rétines striées d'images hurlantes, psychédéliques.

Il gigota pour se dégager de sa braguette.

— Nom de Dieu ! grogna-t-il en s'empoignant comme s'il se découvrait pour la première fois.

Dans sa main brûlante, une hampe rouge et droite qui palpitait comme autrefois, il y avait si longtemps, avant tous ces « problèmes »...

— Je me suis retrouvé, haleta-t-il avec un tremblement, le corps secoué par une fièvre de cheval. Tout redevient possible !

Sa main commença à aller de haut en bas, le long de l'énorme épieu de chair jailli du pantalon de flanelle grise trempé de pluie.

*
* *

En émergeant, Brigitte avait compris à toute allure ce qui se passait. Ses poignets entravés, ses jambes bloquées. Sa bouche scellée à l'Albuplast. Et cette odeur de gaz qui filait, là-bas, dans la kitchenette, avec un bruit presque inaudible de toute façon recouvert par le vacarme de la platine à plein volume. Et enfin cette douleur dans son ventre dont, en tordant la nuque, elle comprit l'origine, à se voir ainsi misérablement « reliée », branchée, par le tire-bouchon distendu du fil, au combiné téléphonique.

« Foutue, c'est la fin », pensa-t-elle.

En fille réaliste qui avait traversé pas mal de fois la barrière de feu des épreuves de la vie, elle jaugea ses chances.

Nulles.

Ligotée, bâillonnée, avec la mort rampante du gaz qui envahissait l'étroit living, elle se dit qu'elle ne reverrait jamais l'aube. Les jets de lumière rouge sang de l'immense ciel explosant sur la baie, chaque matin.

« On » ne lui avait pas laissé la moindre chance.

Quel que soit ce « on ». Peu importait, d'ailleurs. Un dingue. Un malade qu'elle avait involontairement attiré, à force de faire prendre leur pied aux hommes, téléphoniquement, jour après jour, dans son job du love-by-phone... Un obsédé qui avait fini par avoir son adresse. Comme c'était déjà arrivé une fois à Jerry, sauvée par miracle.

Elle allait mourir axphyxiée. Avec ce téléphone planté dans le ventre comme un énorme sexe artificiel de Bakélite. Au son de cette musique de danse qui était pour elle une lancinante musique de mort. Comme une ronde sacrificielle dansée autour d'elle.

Elle referma les yeux en se disant que s'il y avait une chose au monde qu'elle détestait, c'était les gens qui se laissent aller au désespoir sans rien tenter. Qui se courbent sous la fatalité. Qui plient.

« Ça n'existe pas, la fatalité », se cabra-t-elle en remuant convulsivement les mâchoires, de telle sorte qu'au bout de quelques instants ses canines se plantèrent dans le tampon de Kleenex qu'elle mâchonna en le trempant de salive de sorte qu'il ne fut plus que de la charpie. Puis elle s'attaqua à l'Albuplast qu'elle déchiqueta lentement. Pensant aux renards qu'on prend au piège et qui préfèrent ronger et couper leur propre patte prisonnière plutôt que de ne rien tenter.

Pour se libérer de la mort qu'on lui avait préparée, elle irait jusqu'à s'estropier, elle aussi, si c'était nécessaire.

***

La main de Maxence Chenavard se bloqua autour de son sexe écarlate, palpitant, prêt à exploser.

Quelque chose n'allait plus, là-haut. En même temps que les bruits confus du ventre et les martèlements du *Boléro,* il venait de percevoir le son d'une voix. Féminine. Un juron. La « morte » parlait !

— Elle ne s'est tout de même pas libérée ! grinça-t-il.

Il y eut deux ou trois cris. Puis un bruit violent. Et la communication fut soudain coupée.

Plus rien au bout du fil. Que le halètement de la sonnerie « occupée ».

— Triple garce, glapit Chenavard, les babines retroussées, ourlées de bave.

Instantanément, la « chose » qu'il tenait entre les mains devint de moins en moins virile.

Jusqu'à se recroqueviller comme une peau de chagrin au creux de ses doigts, flasque et molle comme un ballon dégonflé de son air.

— Raté, laissa-t-il tomber d'une voix vide.

Il ne lui restait plus qu'à rentrer chez lui. Par le *freeway.* La 101. Trois-quart d'heure sous la pluie dans la nuit noire. Avec les vitesses limitées sur l'autoroute à soixante miles et la surveillance féroce des flics américains.

Et ses mains qui tremblaient et brûlaient comme s'il venait de les ébouillanter.

CHAPITRE IV

La situation n'était pas simple et le commissaire Leray était de plus en plus perplexe. Le docteur Lenoir avait été assassiné entre minuit et une heure du matin et il y avait six suspects. Le colonel Moutarde avait un alibi. Le docteur Olive paraissait hors de cause. Mme Leblanc se trouvait dans la cuisine au moment du crime. Le professeur Violet et Mme Pervenche bavardaient ensemble dans le petit salon, mais peut-être étaient-ils de mèche ? Quant à Mlle Rose, elle s'obstinait à accuser le docteur Olive mais elle n'arrivait pas à expliquer pourquoi elle se trimbalait avec ce superbe couteau de cuisine qui aurait pu aussi bien servir à couper autre chose qu'une tranche de rôti froid, comme elle le prétendait.

— Bref, le crime a l'air parfait et le commissaire Leray patauge dans la semoule, constata gravement un inspecteur Aimé Brichot songeur en s'éventant avec ses cartes.

— Je dirai même plus, fit une voix en écho. Il pédale dans la choucroute et s'enfonce dans les ténèbres.

Les yeux d'Aimé Brichot transformés en vrilles par les épais verres de myope de ses lunettes Amor considérèrent l'inspecteur principal Boris Corentin.

Celui-ci avait beau être sa flèche (1), il n'en nageait pas moins dans le coaltar, comme lui.

— Et pourtant on est des as, nous, murmura-t-il. Le commissaire Leray, à côté, n'est qu'un petit rigolo. Il n'appartient pas comme nous aux Affaires Recommandées, la section des cracks de la Brigade Mondaine... Sans me vanter, évidemment.

— Evidemment, murmura Corentin qui était en train de monter un coup de bluff compliqué avec les trois cartes d'hypothèses dont il disposait, pour égarer son adversaire.

— Dingue, ce jeu, non ? émit Brichot en plongeant du nez sur le plan cartonné de la maison du crime qui leur servait de table de jeu.

— On dirait que le Cluedo a été inventé pour nous, grogna Corentin.

Depuis quelques semaines, Rose et Colette, les deux jumelles, filles aînées de Brichot, étaient folles de ce jeu qui leur rappelait le métier de leur papa, sur lequel elles n'avaient d'ailleurs que d'assez imprécises notions. Sauf qu'il passait sa vie à essayer de démasquer des gens qui avaient fait des choses pas bien. Ce qui était le cas du commissaire Leray, le héros du Cluedo.

— Bonne idée d'avoir apporté ça, en tout cas, murmura Rabert qui faisait le troisième et penchait sa face de lune apoplectique en soufflant très fort.

Tardet, lui, inspecteur, comme les trois autres, aux Affaires Recommandées de la Brigade Mondaine, avait déplié sa longue silhouette bilieuse pour répondre à l'appel de la radio de bord de la camionnette banalisée où ils étaient en planque, tous les quatre, depuis le début de la matinée.

— A mon avis, c'est Mme Pervenche, susurra Corentin. Et le crime a eu lieu dans la véranda. Mais je peux me tromper...

(1) Premier des deux dans une équipe de policiers.

— Moi, c'est au colonel Moutarde, que je trouve un drôle d'air, grogna Brichot, absorbé dans une réflexion intense.

Ils mijotaient dans la camionnette stationnée rue des Saints-Pères depuis cinq bonnes heures. La situation qu'ils détestaient tous. La pire pour des policiers. La planque. La filature. Le travail le plus ingrat qui soit. Des jours et des jours à ne rien faire. A attendre. Et à ne récolter parfois que du vent.

Ils étaient pourtant sur un coup qui finirait peut-être par être fumant, à la longue. Une affaire de réseau de call-girls de luxe. De super-luxe même. De la prostitution « cinq étoiles ». Sous couvert d'une Agence Internationale d'Accompagnement mettant à la disposition d'hommes d'affaires des hôtesses et des guides — féminins, *of course* — au cours de leurs séjours dans les capitales d'Europe.

L'un des sièges de la Business Escort International se trouvait à Paris, rue des Saints-Pères. Les autres étaient à Amsterdam, Bruxelles, Anvers, Londres, Genève, Madrid, Rome, Vienne et Zurich.

Un énorme coup quand le filet se serait resserré. Mais le gibier était tellement gros, tellement ramifié, que ça prendrait bien six mois avant que les polices européennes, travaillant en étroite coopération, finissent par relier l'un à l'autre les fils compliqués de cette multinationale du vice.

En attendant, on volait au ras des pâquerettes. Dans la caisse pourrie d'une vieille camionnette Renault banalisée où les trous de rouille dans la carrosserie avaient servi à installer des œilletons de surveillance, et où la galerie sur le toit dissimulait une antenne ultra-sensible pour le poste radio émetteur-récepteur.

Un vrai piège à rats comme Brichot les détestait, et qui en plus, avec sa saleté et son délabrement volontaires, choquait son amour de l'impec, du sur-mesure, du « clean ». De l'anglais en somme. Cravaté strict, bleu et rouge, chaussé de Churchs super cirées, il était plus gravure de mode d' Old England années 50 que jamais. Un « look » qui revenait très fort sur le marché.

— J'appelle dans la véranda le docteur Olive avec la corde ! glapit-il brusquement, les yeux injectés derrière les verres, rouge d'excitation.

Au fond de la camionnette, contre la paroi aveugle qui les séparait de la banquette avant, Rabert vira du buste, présentant à Aimé sa face longue comme un jour de planque.

— En attendant, Mémé, fit-il, c'est toi qu'on appelle, j'ai l'impression, fit-il en tripotant les boutons de la radio de bord.

— Moi ? fit Brichot, distrait.

— Oui, et de loin, mon vieux, d'après ce que me dit le standard de la PJ. On va te passer la communication. Il paraît que c'est archi-urgent.

— De loin ? Urgent ? répéta Brichot avec un air de carpe doublée en français à chaque mouvement de bouche.

— De Californie.

— Hein ?

— Une admiratrice, sourit Corentin qui agitait les dés dans sa main droite. La Californie, Mémé, souviens-toi (1). Tu y as peut-être fait des ravages en cachette, qui sait ? Je n'étais pas tout le temps là pour te surveiller et répondre de ta fidélité à Jeannette.

Brichot préféra ignorer l'ironie. Rabert venait de lui céder sa place devant la radio. Brichot titilla le micro.

— J'écoute, gueula-t-il d'une voix à traverser l'Atlantique et à sauter par-dessus les Rocheuses.

Les autres se regardèrent en riant.

(1) Voir Brigade Mondaine n° 42 : *La Disparue de Sunset Boulevard.*

Il y eut les grésillements des appels internationaux franchissant les immensités. Avec, en fond sonore, des voix qui se chevauchaient, confuses, dans toutes les langues du globe.

Enfin quelque chose lui parvint. De si loin qu'on aurait dit une autre planète.

— Allô ?

— *I am Aimé Brichot, who is... ?* commença-t-il avec l'accent de Gabin ou de Chevalier.

— Mémé, c'est toi ? fit une voix féminine en français.

Il eut un instant d'hésitation sur sa propre identité. S'entendre appeler « Mémé » de Californie, ça fait drôle.

— Mémé, c'est Brigitte. Brigitte Quentin. Ta nièce.

La voix était hachée. Par la distance qui lui donnait un curieux air métallique, presque impersonnel. Mais aussi par autre chose qu'il ne devinait pas mais qu'il sentait comme une intuition, au creux du plexus solaire. Quelque chose qui lui disait qu'on ne l'appelait pas de Californie pour lui demander le temps qu'il faisait à Paris. Affreux d'ailleurs, merci. Pluie, vent et froid depuis quinze jours. Avec risques de verglas sur la région parisienne annoncés pour le week-end. Un temps de février, quoi.

— Brigitte, se ressaisit-il. Toi ? Après tant de temps !

— Mémé, c'est idiot, mais j'ai eu besoin... J'ai eu besoin de t'entendre... De te parler.

— Ça me fait plaisir, tu sais...

— Ecoute, haleta la voix. Ecoute-moi sans rien dire... J'ai des choses à te raconter...

— Mais où es-tu ?

— Couchée par terre. Les deux mains et les deux pieds attachés.

— Quoi ?

Les trois autres avaient oublié le Cluedo, Mme Pervenche, le docteur Olive et les autres suspects. Il y avait quelque chose, dans les relations de Brichot, qui semblait tourner au vinaigre.

— Attachée, reprit la nièce d'Aimé, haletante. Chez moi. Ligotée. Heureusement que j'ai un téléphone à touches !

— Comprends pas.

— Mais si. En les enfonçant l'une après l'autre du bout de la langue, j'ai fini par composer le numéro de la PJ, à Paris ! Inutile de te dire que j'ai mal aux mâchoires.

— Mais qu'est-ce que...

Elle évita de lui parler des mouvements intimes qu'elle avait dû faire pour libérer le récepteur prisonnier d'un endroit où, d'habitude, on se présentait plus chaudement et plus virilement en elle... De la même façon, elle avait rampé et avait fini par se rapprocher de la gazinière dont elle avait fermé l'un après l'autre tous les boutons avec les dents. Du gaz stagnait toujours dans la pièce heureusement pas hermétiquement close. Sa grande baie vitrée, en angle, laissait passer un peu d'air aux interstices, elle était payée pour le savoir, certains vents d'ouest déboulant du large, depuis le Japon.

— On a essayé de me tuer, fit-elle enfin. Et je ne peux pas me libérer. Mes cordes de nylon sont trop solides.

— Nom de Dieu ! glapit Brichot.

Il se mit à faire la série de gestes désordonnés d'un de Funès en train de voir couler le yacht de ses rêves sans rien pouvoir faire que trépigner.

— Ne quitte pas, hurla-t-il. Ne quitte surtout pas.

Il se retourna vers les autres. Vert des joues au crâne.

— Brigitte, bafouilla-t-il. On a voulu la...

Boris se leva. Son mètre quatre-vingt-cinq dans la

carcasse de la camionnette faisait très Gulliver dans une maison de Lilliputiens.

— Mémé, fit-il posément, elle est en Californie. Tu nous raconteras donc plus tard. Qu'est-ce qu'on peut faire, pour le moment ?

***

Ça faisait longtemps que Boris Corentin n'avait pas vu son coéquipier dans un tel état. Effondré sur la banquette de la camionnette au milieu des pièces éparses du Cluedo, des cartes où Mme Pervenche, Mlle Rose, le colonel Moutarde et le docteur Olive n'en finissaient pas de se rejeter la culpabilité de meurtre du docteur Lenoir. Il ne cessait de secouer la tête de droite à gauche.

— C'est ma faute, répétait-il. J'aurais dû m'occuper d'elle, me tenir au courant. Depuis deux ans, je ne savais même plus où elle était.

Pendant ce temps-là, Boris, à la radio, prenait les opérations en main. D'abord rassurer la nièce de Brichot. Lui parler doucement.

Au son chaud de la voix du policier aux yeux noirs, elle commença à retrouver son calme. Son corps, ses cuisses, son ventre, se souvenaient des caresses d'un homme à la fois tendre et dominateur, aux muscles de félin mais de cette espèce rare qui sait se faire souple pour aimer. Et songer à donner du plaisir avant d'en prendre.

Bref, le premier vrai homme qu'elle eût rencontré, après Roger qui n'était qu'une loque et Konrad qui était une brute (1). Sa première vraie révélation, au terme d'une « éducation sentimentale » fulgurante, sous le soleil éblouissant de Marrakech.

— Boris, gémit-elle à dix mille kilomètres de là. Pourquoi n'es-tu pas ici, avec moi ?

(1) Voir Brigade Mondaine n° 14, *Le Harem de Marrakech.*

Elle en oubliait presque qu'elle était toujours ligotée, à plat ventre, au sixième étage d'un immeuble de San Francisco, en pleine nuit. Trois heures du matin pour elle. C'est-à-dire, midi à Paris.

Boris se mordit la lèvre. Lui aussi se souvenait d'une liane ondulante et blonde dans le feu de liberté de ses dix-huit printemps.

— J'ai vieilli, plaisanta-t-il en masquant sa voix étranglée. Tu ne me reconnaîtrais pas.

— Menteur !

Il réfléchissait à toute allure.

— Ecoute, fit-il, il faut que tu appelles la police de San Francisco.

— Non ! Je ne veux plus raccrocher, j'ai trop peur.

Elle hoquetait par-delà l'océan, les villes, les déserts et les montagnes.

— Tu comprends, quand je vous entends, toi ou Mémé, je suis un peu rassurée, je suis moins seule... Moins abandonnée...

Boris ratissa de ses doigts en éventail sa tignasse bouclée brune où des fils d'argent commençaient à briller, encore rares.

— Attends, fit-il d'une voix sourde. J'ai une autre idée.

L'idée de Boris impliquait pas mal de collaborations extérieures mais en quelques minutes, à la radio de la camionnette, grâce au standard de la PJ, il parvint à organiser une véritable chaîne téléphonique. D'abord l'inspecteur divisionnaire Dumont, l'adjoint de Charlie Badolini, chef de la Brigade Mondaine. Dumont avait appelé immédiatement son homologue à San Francisco. Arraché à son lit à trois heures du matin. Heureusement que Dumont lui avait fait faire, dix ans avant, la tournée de la France gastronomique pendant ses vacances, à l'Américain. Du Périgord à l'Alsace et de l'Auvergne à la Provence. La solidarité des gros. L'amitié du tour de ventre, de la table à trois ou quatre toques rouges dans le guide Gault et Millau. Une équipée de la bouffe qui leur avait laissé des liens d'amitié aussi solides que si l'un avait traîné l'autre entre les lignes ennemies sur dix kilomètres au milieu de la mitraille en 1914.

Bref, le divisionnaire de là-bas, le Chief Inspector Nicoletti, un nom qui disait que ses ancêtres avaient parlé l'italien avant de baragouiner l'anglais, avait sauté dans ses vêtements instantanément.

Et s'était rendu en personne chez Brigitte Quentin.

Laquelle, Boris le comprenait maintenant, n'avait pas voulu alerter n'importe quel flic de commissariat. Trop de véreux, de teigneux, de louches, là-bas. Ils n'étaient pas tous pourris, loin de là, mais les Etats-Unis ne sont pas la France. Un policier américain s'achète beaucoup plus facilement qu'un policier français.

En passant par un chef comme Nicoletti, elle avait moins de risques de déboires en perspective.

Il était près d'une heure de l'après-midi à Paris quand la voix de Nicoletti retentit dans la radio.

— *Hello,* inspecteur principal Corentin ?

L'accent était à couper à la tronçonneuse, mais le cœur de Boris bondit.

— *Hello,* fit-il. Brigitte est délivrée ?

— Boris, hurla la voix de Brigitte à travers l'espace. Merci.

— Tu me remercieras plus tard, fit-il.

— Il suffirait de pas grand-chose, tu sais, pour que je te montre ma gratitude de tout près. Dix mille kilomètres de moins, par exemple.

Une paille. Il se secoua.

— Le type qui a fait ça ? Tu n'as aucune idée ?

— Aucune.

Quelque chose lui disait que la nièce de Brichot n'était pas au bout de ses très mauvaises surprises, les trucs très spéciaux que lui avait fait subir l'inconnu dénotaient un caractère obsessionnel profond. Du genre qui revient à la charge. Il n'aimait pas ça. Pas du tout.

— Une supposition, fit-il en forçant sur le ton léger, qu'on débarque inopinément en Californie, Mémé et moi ? Ça t'ennuierait beaucoup ?

Il eut l'impression de la voir rougir de joie.

— Tu veux que je te dise ce que ça me ferait, Boris ?

Corentin toussota.

— Je t'avertis que le Chief Inspector Nicoletti comprend parfaitement le français, l'avertit-il.

Au fond de la camionnette, Brichot, Rabert et Tardet étaient transformés en statues de sel.

— Je n'ai rien promis, fit Corentin. J'ai dit : une supposition.

L'immensité noire de l'espace grésilla.

— Eh bien, supposons, lança Brigitte avec une gaieté qui renaissait peu à peu.

Dès qu'il eut raccroché, Boris se retourna vers Aimé Brichot.

— Sans vouloir t'inquiéter, dit-il, ta nièce et filleule a l'air d'avoir de sérieux ennuis.

Il fit jouer ses épaules sous le blouson de cuir noir tendu à craquer par ses pectoraux.

— Et sans vouloir présumer de l'avenir, il va falloir jouer une sérieuse partie de poker avec Baba (1) si on veut aller l'aider à San Francisco, sans être obligés de donner notre démission pour ça.

(1) Surnom de Charlie Badolini, patron de la Brigade Mondaine.

CHAPITRE V

Au son de la voix de Charlie Badolini, commissaire divisionnaire de la Brigade Mondaine, Corentin comprit que ça allait être encore plus coton qu'il ne le redoutait. Il allait falloir dégeler le patron au chalumeau. D'autant plus que, événement archirarissime, Badolini était chez lui, au lit, avec 39°8 de fièvre et une grippe à vous faire avoir des visions fluorescentes dans le papier à fleurs de votre chambre.

— Corentin, toussota la voix glaciale du patron, seriez-vous capable de me donner une seule bonne raison pour que je vous envoie là-bas en laissant Rabert et Tardet seuls sur le coup de la multinationale des call-girls, qui risque d'être pour nous l'affaire du siècle ?

Boris Corentin retint sa respiration. C'était un exploit, de la part du patron, de garder une voix aussi réfrigérante avec une telle fièvre de cheval.

— Une vraie raison, reprit le patron de la Brigade Mondaine avec un peu plus de fébrilité que d'habitude. Une grande. Solide. Essentielle.

— J'en vois plusieurs petites, émit Corentin lentement. Et comme les petits ruisseaux font les grandes rivières, peut-être que les petites raisons...

— Vous ne m'avez pas compris, coupa le vieux Niçois à la peau de vache blindée par des kyrielles d'ancêtres corses. J'ai parlé d'une vraie raison. Une seule, qui me permette de creuser pour vous un trou dans les bons roses, que le gouffre des Halles, à côté, n'est rien qu'une plaisanterie.

Boris laissa s'éloigner un bus, dont le passage rue des Saints-Pères, à trois centimètres de la camionnette banalisée, fit trembler l'asphalte.

— Il y a d'abord, fit-il, que Brigitte Quentin est une ressortissante française en difficulté à San Francisco, on est déjà allés en aider plus d'un. Vous me permettrez, monsieur le Divisionnaire, de vous rappeler juste pour mémoire l'affaire de Tokyo (1), le professeur Alexandre Verdillan à Hong Kong (2), la filière bulgare de Kaliakra-Beach (3), sans oublier l'enlèvement d'Evelyne Danjumeau (4) au Caire, ni celui de Sandrine Grandin en Côte-d'Ivoire (5). Et j'oublie encore Monaco qui n'est tout de même pas la France. Ou Los Angeles qui n'a plus de secrets pour nous depuis l'affaire des films pornos avec morts réelles (6).

Il sentait comme s'il y était la fièvre du patron de la Brigade Mondaine grimper à faire péter le mercure du thermomètre.

— J'ai gardé pour la fin, bien entendu, notre intervention, déjà, pour sauver Brigitte Quentin, au Maroc (7).

Il soupira.

— Ça, c'était mon premier argument. Tant d'escapades hors frontières, ça fait jurisprudence, non ?

Là-bas, dans l'appartement où Charlie Badolini et Suzanne, sa femme, venaient tout juste de s'installer (8) après avoir vécu de longues années de bon-

(1) *Le Bouddha vivant*, BM n° 26. (2) *Les Poupées chinoises*, BM n° 30. (3) *La Planchette bulgare*, BM n° 27. (4) *La Prêtresse du Pharaon*, BM n° 33. (5) *Les Femmes Mygales de Côte-d'Ivoire*, BM n° 44. (6) *La Disparue de Sunset Boulevard*, BM n° 42. (7) *Le Harem de Marrakech*, BM n° 14.

(2) Voir Brigade Mondaine n° 50, *Carnaval à Venise*.

heur conjugal dans un autre logement avec le seul regret de n'y avoir jamais entendu les cris et les rires de l'enfant qu'ils n'auraient jamais, il devait y avoir tempête sur un oreiller.

— Je vous écoute, reprit la voix genre banquise.

— Le second argument découle du premier. La Brigade Mondaine n'est pas une brigade ordinaire, c'est le moins qu'on puisse dire. Stupéfiants et proxénétisme, OK, ça c'est l'ordinaire, et ça a même permis de rebaptiser la Brigade (1). Mais les à-côtés qui ne relèvent spécifiquement ni de la drogue ni de la prostitution sont au moins aussi importants, vous ne direz pas le contraire, n'est-ce pas ? *Fifty-fifty*, quoi. Non ?

Un ange fiévreux et pète-sec, en pyjama de congé de maladie, le visage fripé par la fièvre, les yeux bordés exceptionnellement de jambonneau rosâtre, la gorge âcre comme le Désert de la Mort à force de ne plus fumer les habituelles Gauloises Bleues sans filtres (*because* quand on a la fièvre, elle remplace avantageusement la tabagie dont on n'a même plus besoin), passa à l'autre bout du fil, voletant au milieu du silence électronique plein de molécules et de protons.

Boris réattaqua. Renfonça son clou. L'impression de marchander un tapis dans un souk avec un vendeur arabe particulièrement hargneux.

Un double éclair ironique se tortilla en flambant dans ses prunelles d'oiseau de nuit.

— En tout cas, laissa-t-il tomber, si quelqu'un avait l'idée saugrenue d'écrire un jour nos aventures, intitulerait-il ça « Brigade des Stupéfiants et du Proxénétisme » ?

Silence de congélateur.

— Non, bien sûr, continua-t-il. Il appellerait ça

(1) Depuis 1976, La Brigade Mondaine s'appelle en effet la BSP, Brigade des Stupéfiants et du Proxénétisme.

« Brigade Mondaine »... Mondaine... Le Monde... le vaste Monde... L'univers. Brigade Mondaine, c'est quasiment Brigade Mondiale. Ça veut dire : Universel... Extra-National... International...

Il se sentait lyrique. Un peu de sueur — très dépacée vu la saison plutôt polaire — lui coulait entre les sourcils, là où leurs lignes charbonneuses se rejoignaient presque.

— Ça se moque des méridiens et des parallèles. Des frontières et des postes de douane. Ça traque l'autre Internationale, celle de la dinguerie, des détraqués, du vice et du crime tordu...

Là-bas, dans l'appartement de Badolini, dans la chambre à coucher meublée Empire *of course* pour rendre hommage au plus illustre des rejetons de l'Ile de Beauté, au milieu de l'odeur de tabac froid, on mijotait.

Orage ou bonace ? se demanda Corentin, employant un mot que les illettrés d'aujourd'hui ne connaissent plus et qui désigne la mer calmée après la tourmente.

— Il y a autre chose, reprit-il, la voix altérée à force de plaider dans le vide. Quelque chose que même Brichot, le parrain de Brigitte, ne sait pas.

Sur la demande discrète de Corentin, Rabert et Tardet étaient allés réconforter Aimé Brichot au bistrot du coin avec un grog bien chaud. Boris préférait ça. Mémé, dans les occasions où sa famille était en jeu, devenait plutôt un poids qu'autre chose.

En l'occurrence, le bistrot du coin, comme on était rue des Saint-Pères, une des rues du triangle chic, intello, de la rive gauche, c'était le *Twickenham,* un pub où se retrouvait la moitié du Tout-Paris écrivassier et éditorial.

— Cette autre chose, reprit-il avec le sentiment d'avancer sa dernière carte, c'est un petit bout de papier transparent que Brigitte a trouvé dans son studio et que son agresseur a laissé là, sur la moquette. Oh, presque rien, l'agresseur n'a pas l'air idiot. Aucune empreinte digitale, pas d'indices, elle ne l'a même pas vu ni entendu. Mais il a perdu ça... Un fragment de papier transparent ayant servi à emballer des Gauloises filtres. Reconnaissable au minuscule timbre qui est collé sur une des faces de l'emballage : on lit « California ». Et « Tax paid »...

— Et alors ? daigna émettre la voix d'outre-tombe.

— Et alors ? Alors, mon impression rapide des Etats-Unis, c'est qu'il n'y a pas grand monde qui fume là-bas des brunes françaises. Pratiquement pas d'Américains. Gitanes et Gauloises y sont d'ailleurs presque introuvables. Sauf dans des boutiques spéciales rarissimes et dans les grands hôtels. Conclusion ? Comme quatre-vingt-dix-neuf pour cent des Américains dédaignent les productions de notre Régie Nationale, j'en déduis qu'il y a quatre-vingt-dix-neuf pour cent de chances pour que l'agresseur de Brigitte soit de la même nationalité que nous.

Il se racla la gorge.

— Ce qui constitue une troisième raison, non ?

Le vieux Niçois qui avait horreur d'être malade, horreur d'être cloué dans son lit, horreur d'être privé de nicotine, horreur d'être en pyjama et pas dans son sempiternel costume mélangé Navy et pétrole, émit quelques reniflements de nez aussi engorgé que la baie du Mont-Saint-Michel.

— C'est vrai qu'on vous a fait voyager pas mal, ces derniers temps, hors de votre habituel terrain de chasse, Paris et ses environs...

Un début qui préludait à des réflexions plus développées.

— Vrai aussi, reprit Charlie Badolini, que vous ne vous en êtes pas mal tirés, l'un dans l'autre, à chaque fois.

« Merci », apprécia mentalement Boris qui cherchait une introuvable Gallia dans son blouson.

— Vrai aussi que les Affaires Recommandées, c'est un peu exotique, même à l'intérieur de la Brigade Mondaine...

Il y eut des bruits de sommier, et Corentin devina qu'il changeait de position sur son lit. Sur le coude droit après le coude gauche. Ou l'inverse.

— Vrai enfin, dit Badolini, que les gars de la DGSE (1), qui ont une antenne dans toutes nos ambassades, pourraient bien entendu vous remplacer. Sans compter que la police san-franciscaine est là pour faire le boulot. Pas vous.

Il y eut un silence. Ça débattait, là-bas. Comme les cyclones qui visitent avant de ravager une côte ou de passer au large.

Le cyclone se décida enfin.

— Bref, vous connaissiez déjà le sud de la Californie. Vous connaîtrez maintenant le nord.

Boris remercia le ciel de ne pas être en face du patron. Il n'aurait peut-être pas résisté à lui faire un bisou mouillé sur la joue gauche.

Ce qu'il ne saurait jamais, c'était la raison exacte pour laquelle Badolini s'était finalement décidé. Contre toute attente. La raison, elle tenait dans un carré de papier glissé silencieusement sous les yeux du patron de la Brigade Mondaine, par la compagne silencieuse des bons et des mauvais jours : Suzanne, son épouse.

Le papier disait ceci :

« La première fois que Brigitte — qui est la filleule de Brichot, lequel est l'un des inspecteurs de la Brigade dont tu es le père — a été en danger, tu

(1) Direction Générale de la Sécurité Extérieure. Nouveau nom du SDECE.

n'as pas hésité à les envoyer à son secours. Si tu refusais, cette fois, je crois qu'on pourrait dire que tu as vieilli. Ce qui serait triste, non ? »

Le vieux Niçois avait pris ça là où c'était destiné à tomber. En plein cœur.

On ne rattrape pas les années envolées. Mais on peut rattraper les premiers mouvements qui sont souvent les plus mauvais.

***

Au *Twickenham,* ce n'était pas avec des grogs que Brichot avait décidé de noyer ses angoisses familiales, mais des Irish coffees. Résultat identique : il était complètement rond.

— Pourvu que tu aies dessaoulé en débarquant à San Francisco, décida Corentin, le reste m'est égal.

— San Francisco ? vacilla Brichot sur le ton de Bourvil.

Boris se tourna vers Rabert et Tardet.

— Désolé de vous laisser pendant quelques jours le sale boulot. La planque... Au retour, Mémé et moi, on vous revaudra ça. De toute façon, on nous retiendra notre séjour sur nos trente-six jours annuels. Congé d'hiver, en somme...

— Quand la patrie est en danger, opina gravement Rabert dont l'haleine ressemblait à une usine de houblon.

— On saute sans parachutes, une fois de plus, fit Corentin. Simples touristes. Voyage strictement privé, bien entendu. Avec, à l'horizon, les policiers américains qui vont inévitablement faire la gueule.

Il regarda vaguement les évolutions de table en table d'un jeune écrivain qui grimpait en flèche au hit-parade des nouveaux concepts philosophiques.

— La routine, quoi...

La routine, c'était cette intuition qui lui cisaillait les nerfs depuis que Brigitte avait appelé. Qu'elle était tombée sur quelqu'un de pas banal qu'il valait mieux tout faire pour mettre hors d'état de nuire.

Il aurait pu essayer d'en reparler à Brichot. Mais entre eux, il y avait un océan d'Irish coffees...

*
* *

Midi et demi à Paris, ça voulait dire trois heures et demie du matin en Californie. Une Buick noire fendait les colonnes diluviennes qui noyaient la 101. Sur le *freeway*, les panneaux verts indiquaient les sorties : San Bruno, San Francisco International Airport, Milbrae, Burlingame, Hillsborough. Au fur et à mesure qu'il se rapprochait de son but, Maxence Chenavard faisait plus attention aux panneaux intermédiaires, ceux qui indiquaient les avenues et les rues. La Californie, malgré ses montagnes, ses déserts, ses forêts de séquoias et ses parcs naturels, est aussi un immense *suburb* (1) ininterrompu. D'où ces panneaux, impensables en France sur des autoroutes, qui indiquent les sorties par des noms de rues et d'avenues.

Il aperçut enfin Madison Drive, à un mile. D'immenses panneaux publicitaires giflés de pluie bordaient le *freeway*. Des motels, sur le Camino Real tout proche, l'artère la plus ancienne de la Californie dont une vieille plaisanterie dit qu'elle va jusqu'en Espagne, tant elle est longue. Des enseignes géantes illuminées. Des buildings. Des fontaines lumineuses roses et vertes qui faisaient penser à Versailles à condition d'être doué d'une imagination hors du commun. Des *drive-in*.

Madison enfin. Il ralentit. S'enfonça dans d'innombrables rues désertes coupées à angle droit. Petites maisons de bois partout.

Citronniers. Orangers. Palmiers. Le Campus

(1) Banlieue.

Drive enfin, le long boulevard circulaire qui courait tout autour du campus de l'Université de San Carranza. Il prit Panama Street. Puis Palm Avenue. Puis Mayfield et Eucalyptus Road. En s'arrêtant consciencieusement à chaque carrefour équipé d'un stop.

Il était redevenu un des trois mille trois cent quatre-vingt professeurs de San Carranza. C'est-à-dire un honnête citoyen, au-dessus de tout soupçon.

Avec sa famille qui dormait, tout près maintenant, sur Santa Ynez, dans la petite maison blanche qu'il avait achetée sur le campus, trois ans avant, et pour laquelle il était endetté pour quinze ans. Une femme, deux enfants, un foyer comme les autres.

Sauf que le chef de famille avait dans la tête un feu infernal qui lui dévorait les neurones.

Et des rêves qui, même pour la décadente Californie, dépassaient la mesure. De très loin.

CHAPITRE VI

Le lendemain matin, quand il se réveilla, Maxence Chenavard, professeur du département *Humanities* de l'Université de San Carranza, crut que son rêve continuait.

Vision de Paradis.

Brigitte et lui. Lui et Brigitte. Dans une lumière pastel d'au-delà de cet univers de haine et de violence. Lui et Brigitte, Brigitte et lui... Les seins de Brigitte, sa bouche, son sourire... Et le martèlement obsédant du tambour, avec les cuivres allant crescendo et s'enroulant autour comme une danse de cobra... Brigitte et lui... Il avait fermé les yeux. La jeune femme s'était accroupie au-dessus de lui, les cuisses largement écartées au-dessus de son visage, et elle descendait, en roulant des hanches au son du *Boléro,* inondée de sueur. Le souffle coupé, il la sentit attendre sur lui. Il percevait déjà contre sa bouche la caresse de velours de la longue blessure charnelle de Brigitte, de sa longue fente ourlée de muqueuses gonflées de désir, au fond de la toison de boucles blondes et douces.

Lorsque son visage se fut enfoui dans la broussaille parfumée du pubis de la jeune femme, il ouvrit les yeux.

Et reprit conscience.

Un gros écureuil noir, pas farouche pour un sou,

comme il y en avait des milliers sur le campus, se baladait sur son visage par petits sauts précautionneux. Lui promenant sa longue queue soyeuse sur le nez, les joues, la bouche.

Son long panache sombre et velouté qu'il avait transformé inconsciemment en rêvant de Brigitte, et qui était devenu son...

Il se dressa, écarlate. Luisant de sueur.

L'écureuil fit un bond de deux mètres et détala vers la fenêtre grande ouverte.

— Combien de fois faudra-t-il que je te dise de fermer la moustiquaire ? grogna Paméla en se retournant sur le ventre, à ses côtés.

C'était comme ça tous les jours. Les premiers mots de Pam n'étaient plus jamais, depuis cinq ou six ans, des mots d'amour.

C'est par amour pourtant qu'ils s'étaient épousés, douze ans avant, c'est-à-dire trois ans après l'installation définitive de Chenavard aux Etats-Unis. Il n'était alors qu'un petit assistant d'université très handicapé par son peu de dons pour l'anglais.

Pam à l'époque... Une merveille. Longue, brune, perpétuellement bronzée. Douce et en même temps héroïque, dans les grandes luttes qui ravageaient à l'époque les campus américains. C'est de Berkeley qu'était partie l'étincelle gauchiste. En pleine guerre du Vietnam. La poudre avait sauté partout. Stanford, UCLA, San José, Yale, Harvard... Leurs années folles. Si loin maintenant. Baignées dans l'odeur des lacrymogènes et les rêves de la jeunesse qui croit qu'elle a l'éternité devant elle.

La première fois qu'il avait vu Pam, c'était sur le campus de San Carranza, dans le hurlement des sirènes de police. Un flic casqué qui la poursuivait l'avait accrochée par sa robe, laquelle s'était déchirée et lui était restée entre les mains. Planqué derrière des buissons qui formaient un profond maquis autour du *Faculty Club*, le pavillon-restaurant où mangeaient les profs, Maxence l'avait vue venir, en slip blanc extrêmement peu opaque qui disait que, dans sa famille, on avait dû être roux de mère en fille depuis quinze générations.

Leur première étreinte avait eu lieu là, dans les broussailles, sous la nuit illuminée par les jets rouges des grenades et les tournoiements cardiaques des gyrophares de la police.

Ni l'un ni l'autre ne savait que ce serait presque, au fond, leur premier et dernier bon souvenir ensemble.

Après, ça avait été la vie.

Tout à fait autre chose.

Pam vira vers lui, découverte. Elle avait les mammelles lourdes, déformées. Avec de grandes aréoles rouges inégales. Un vrai massacre. Elle avait voulu allaiter leurs deux enfants. La vie naturelle. Le retour aux sources.

— Va faire le café, dit-elle d'une voix qui n'avait même plus besoin d'être un ordre.

Il s'extirpa du lit, cherchant ses Gauloises à terre.

— Ne fume pas. Tu sais que j'ai horreur de ça. Ça me donne des nausées.

Il tituba vers la porte dans son pantalon de pyjama.

— Et prends une douche. Tu ne sens vraiment pas bon.

Leur première étreinte... Dommage, tout de même, qu'il n'y ait pas une voix pour vous dire, quand le bonheur passe, qu'il ne reviendra plus.

***

C'est au-dessus de l'appareil où mijotait le café — un superbe percolateur tout en cuivre très européen — Pam n'aimait que le rustique européen, si possible français; réaction normale au pays du post-modernisme échevelé où on a besoin de retrouver des racines, même si ce n'est pas les vôtres — que Maxence Chenavard reprit conscience de ce qui s'était passé pendant la nuit. Et entreprit de jouer au jeu de : cherchez l'erreur. C'est-à-dire la faute qu'il avait commise et qui avait fait que la petite employée du love-by-phone dirigé par Tim Greenglass s'en était sortie. Du moins, il pouvait le redouter.

« La prochaine fois, se jura-t-il, ça ne se passera pas comme ça. »

La prochaine fois... Tout à refaire... Vendredi prochain. Le jour où Pam se rendait à Palo Alto, où elle suivait, jusque tard dans la soirée, des cours de physique. Employée par Lookhed, elle avait décidé depuis peu de se donner les moyens de gravir les échelons de la hiérarchie.

Par la fenêtre de la cuisine donnant sur la minuscule rue Santa Ynez, il vit un coup de vent violent rebrousser les petites têtes ébouriffées des palmiers, au bout de leurs interminables troncs flexibles. Un jogger passait, l'œil fixe. Attentif seulement aux pulsations de son cœur — à son souffle, à la souplesse de sa foulée élastique. De l'aube au crépuscule, les avenues paisibles du campus enfouies sous les cupressus, les flamboyants et les eucalyptus, étaient sillonnées d'étudiants — ou de professeurs — qui faisaient leur jogging. La Californie, c'était aussi le culte hygiénique du corps. Il fallait être JBB (1) ou crever. Le campus de San Carranza, ce n'était pas seulement une ruche à grosses têtes où derrière les baies vitrées se potassaient les technologies de l'avenir. C'était aussi une sorte de fantastique royaume de dizaines d'hectares de prairies, de bois, de collines, de vergers, où les forts en thème abandonnaient quotidiennement pour une heure ou deux leurs polycopiés pour enfiler des shorts et des

(1) Jeune, beau et bronzé.

tennis et faire du sport. Du cheval, de la natation, du football américain. La plus grosse usine à matière grise et à athlètes complets de la Côte Ouest. La plus chic aussi. Un vrai *must*, pour les familles snobs de la WASP (1).

Chenavard s'aperçut qu'il grelottait.

Sous sa peau de prof, c'était son autre nature qui était en train de remonter. Celle qui lui faisait faire des choses où il ne se reconnaissait pas. L'autre Chenavard. Le Chenavard parallèle. L'être d'enfer couvé en lui année après année dans cet univers aseptisé, surprenant de paix et de calme à quelques dizaines de kilomètres de la sulfureuse San Francisco, et qui maintenant prenait des initiatives. Malgré lui. Contre lui. Se substituant à sa volonté. Comme un double maléfique.

Baigné de la sueur lourde de rut qu'il connaissait bien, il versa lentement le café dans deux bols.

« Brigitte... Si tu n'es pas morte... »

Un peu de café brûlant sauta jusqu'à son torse nu, osseux et velu. Un drôle de contraste avec sa tête archiglabre.

« Si tu n'es pas morte, Brigitte, c'est toi qui me sauveras. »

Un écureuil escaladait la façade de bois de la maison voisine.

« Brigitte, c'est toi qui me ressusciteras. »

En mourant. Une vie contre une autre. La loi sanglante de la nature.

(1) *White Anglo-Saxon Protestant*. La société blanche protestante et anglo-saxonne.

CHAPITRE VII

Le vendredi suivant, à dix mille mètres d'altitude, au milieu des nuages noirs inquiétants, d'autres menaces encore inconnues volaient à la rencontre d'un homme qui faisait partie de ces « Français de l'étranger » dont on ne parle que lors des grandes consultations électorales nationales.

Au premier trou d'air un peu raide, l'inspecteur Aimé Brichot se colla la nuque à son dossier et s'accrocha des deux mains aux accoudoirs.

En marmonnant mentalement que, pour huit mille quatre cent cinquante-six francs de traitement mensuel brut, plus mille cinq cent vingt-deux francs d'indemnités de sujétions spéciales, trois cent quatre-vingt-huit francs d'indemnité de résidence et sept cent trente-six francs de supplément familial (trois enfants), mourir était vraiment trop con.

— Qu'est-ce qu'il y a ? murmura l'inspecteur principal Corentin en décrochant ses écouteurs — il était en train de savourer la *Sixième* de Mahler. L'avion vibrait douloureusement comme un jouet dans les trous d'air.

— Rien que de penser à toute l'eau qui est en dessous de nous, mâchonna Brichot avec l'air d'essayer de mastiquer sa moustache, je suis en train d'emmagasiner au moins trois litres de sueur dans mes vêtements.

Boris s'efforça de ne pas sourire. Depuis le temps qu'ils voyageaient ensemble, il avait fini par s'y faire, aux tortures aériennes de son coéquipier. Brichot sentait le vide sous lui, sous la carlingue du Boeing. Rien à faire. Une sensation qu'on ne raisonne pas. On a le vertige ou on ne l'a pas. Ça échappe aux théories et ça ne se guérit jamais.

— Mémé, fit Boris en lui tapotant la main, j'ai remarqué que le Cluedo ne te déplaisait pas. Et comme je me doute que tu n'as pas eu la cruauté d'en dépouiller Rose et Colette, j'en ai acheté un.

Il se dressa pour ouvrir le porte-bagages à main, au-dessus d'eux.

— C'est une bonne idée, non? questionna-t-il.

Les entrailles de Brichot faisaient des huit mais il se força pour sourire.

— Excellente, dit-il faiblement.

En fait il avait commencé à se sentir tourner de l'œil dès Roissy, quand ils s'étaient engagés sur le tapis roulant du satellite conduisant à leur salle d'embarquement. Pure suggestion insurmontable. A la perspective de quinze heures d'avion, en comptant l'escale à New York.

Boris se rassit avec la boîte de jeu.

— Sombre affaire, dit-il. Essaie de penser au malheureux docteur Lenoir victime du professeur Violet, du docteur Olive ou de Mme Pervenche. Est-ce qu'on va laisser ce crime impuni ?

Cinq minutes après, dés et cartes en main, Brichot oubliait provisoirement son abyssal creux au ventre, et s'acharnait sur la solution de l'énigme comme s'il avait dû rendre compte de l'enquête, le soir même, à Charlie Badolini.

***

L'hôtesse d'Air France eut un cambrement de reins involontaire en sentant les yeux noirs du passager effleurer la ligne vallonnée qui suivait son dos puis ses fesses et ses cuisses, le tout moulé dans un tailleur bleu.

— Les American Airlines, c'est dans le hall, là-bas, à deux kilomètres à pied, dit-elle. Mais vous pouvez prendre la navette.

— Navette ? fit Brichot, hébété par le premier round de ses exploits aériens.

— Le car, expliqua l'hôtesse. Il vous y mènera.

Boris parcourut des yeux la foule qui se bousculait dans Kennedy Airport. Toutes les races, toutes les couleurs, tous les styles. Le grand *melting pot* américain.

— Dommage qu'on n'aie pas le temps de visiter New York, soupira-t-il.

Les yeux bleus de l'hôtesse passèrent sur lui puis regardèrent ailleurs.

— Dommage, oui, fit-elle, comme machinalement.

Brichot était déjà parti devant, en direction des cars qui stationnaient dehors, dans la nuit glaciale de la Côte Est.

— On fera peut-être le voyage de retour ensemble, murmura Corentin, l'air absent.

— Ça dépend.

Boris arracha du sol son sac de voyage en cuir. Leurs autres bagages devaient en ce moment voyager du Boeing d'Air France à celui des American Airlines. Le gros inconvénient, quand on se rend de Paris à San Francisco, c'est qu'il n'y a pas de vol direct. Supprimé depuis quelques années.

— Peut-être qu'on se reverra, reprit-il.

— Ça dépend.

Il hésita un moment. Laisser à la chance le soin de les faire se rencontrer de nouveau, c'était accorder au hasard une confiance qu'il ne méritait pas vraiment. Un second coup d'œil sur les obus qui tendaient le chemisier de l'hôtesse le décida.

— Moi, c'est Boris Corentin. Et comme je ne sais pas quand je reviens, voici mon adresse à Paris.

Le petit papier sur lequel il venait de griffonner ces indications disparut dans le sac à bandoulière de la fille.

— Vous ne me donnez pas vos coordonnées ?

Elle planta cette fois ses yeux dans les siens.

— A moins que vous ne préfériez tomber sur mon mari, c'est moi qui vous appellerai, fit-elle.

Son sourire criait à Corentin qu'elle ne mentait pas pour se débarrasser de lui.

*
* *

Aimé Brichot déboucha au niveau inférieur — celui des bagages — de l'Aéroport International de San Francisco comme un taureau ébloui qui titube à l'entrée de l'arène. Le vol American Airlines venant de New York n'avait eu que dix minutes de retard et, écrasé par les dix heures précédentes de vol, Brichot avait noyé ses angoisses en les plongeant dans un sommeil réparateur qui laissait à Boris le temps de faire le point.

En somme, le feu vert qu'il avait arraché à Charlie Badolini était un exploit. La première fois qu'aucune raison *objective* de tirer sur les bons roses de la Grande Maison ne pouvait être avancée. Entre parenthèses, Badolini avait été généreux, côté fonds. Un coup de téléphone à Dumont et le pactole avait coulé presque à flots. N'empêche qu'il ne s'agissait pas d'une disparue. Encore moins d'une mineure. Et qu'ils allaient opérer à partir de choses aussi rassurantes que les sables mouvants : des intuitions, des impressions...

D'un orifice voilé par des lanières de caoutchouc formant rideau, dévalaient des masses de valises venues des quatre coins du globe qui entamaient *illico* leur ronde sur le tapis roulant. Brichot, les yeux fixes, attendait ses deux grosses Samsonite marron. Indifférent au spectacle qui se déroulait autour d'eux. C'était déjà San Francisco, la ville de toutes les folies, ici. *Everybody's favorit City,* comme disent les Américains. La Bien-aimée. La « Bagdad de la Baie ». La Sodome du Pacifique. Des cow-boys allaient et venaient avec de superbes chapeaux de la Conquête de l'Ouest. Des Américaines de caricature évoluaient derrière des lunettes en forme de papillons d'or. Des hippies des années 60 étaient écroulés dans les coins. Des Noirs coiffés façon rasta. Des punks à cheveux en crête de coq teints en mauve. De superbes créatures aussi, félines et ondoyantes, platinées, court vêtues. Sauf que la plupart cachaient sous leur robe à peu près le même genre d'attributs que ceux qui faisaient de Brichot et de Corentin des hommes. Carte postale de la Californie décadente et sulfureuse.

— Dire qu'on est ici anonymes. Sans armes. Sans ordre de mission. En touristes. Incognito. Avec la certitude, si par chance on avait la moindre piste, de se faire taper sur les doigts par la police locale !

Boris aperçut son sac de voyage noir qu'il happa par la poignée.

Il secoua les épaules.

— Si on n'était pas venus, pensa-t-il, on en aurait tous les deux été malades.

Partout, de grandes enseignes lumineuses annonçaient des compagnies de location de voiture. Avis, Hertz, Dollar... Les mots « Rent a car » ou « Heap a cheap » revenaient, obsédants, en rouge et vert. Aimé vira, blafard, vers sa flèche.

— Boris, fit-il, décomposé. Regarde : le déchargement des bagages est terminé. Et mes valises ne sont pas là !

Le tapis tournait en effet à vide, maintenant. A part deux ou trois cartons ficelés à la va-vite, très immigrants du tiers monde.

— On les a volés, commença Brichot d'une voix au bord du sanglot.

Boris le prit par le bras.

— Arrête, Mémé. On va d'abord aller aux réclamations. Regarde là-bas. J'ai l'impression que tu n'es pas seul dans ton cas.

Il y avait une queue de dix mètres devant le bureau en question. Voyageurs partis avec des bagages et arrivés sans. Comme Brichot.

— Vous frappez pas, c'est comme ça à chaque fois qu'on fait escale à New York !

La voix dans leur dos était douce, fraîche et française. Ils virèrent en même temps.

Brigitte.

Une autre Brigitte. Pas celle de Marrakech qui était comme un papillon fou échappé de sa chrysalide familiale et de l'enfer paternel, prête à se brûler les ailes rien que pour se sentir vivre.

Une fille mûrie, plus belle que jamais et plus épanouie, sur laquelle les années avaient passé sans laisser la moindre trace. Sous son imper qui disait que la Californie du nord, l'hiver, pouvait faire aussi bien côté pluie que la Normandie l'été, on devinait toute une symphonie d'ondulations multiples, faites pour provoquer des épidémies d'infarctus à la moindre esquisse de mouvement.

Le premier dans les bras duquel elle se précipita fut Brichot. Oncle et parrain obligent.

— Mémé !

— Brigitte. Tu n'étais pas prévue au programme. On te croyait même à l'hôpital...

Elle dominait le frère de sa mère d'une bonne tête, et sa crinière blonde chatouillait sa calvitie.

— Tu me vois bloquée au lit ? Grabataire dans une chambre ripolinée ? Tu me connais mal, ou tu m'as oubliée. Trois jours de soins, ça a été amplement suffisant.

Les retrouvailles avec Boris furent d'un autre ordre, mais quand même dans le genre discret.

Ils avaient, là-bas, certains souvenirs intimes en commun, laissés très loin d'ici sous l'azur aveuglant du Maroc.

— Boris, fit-elle tandis que ses seins, son ventre et ses cuisses épousaient brièvement ce qui, chez l'athlète français aux yeux noirs, correspondait à ses rondeurs féminines. Boris, on s'était promis de se revoir, tu te souviens ?

Corentin nageait dans l'or bruni et tremblant de ses prunelles. Deux minuscules étangs de métal précieux en fusion.

— Nous revoilà ensemble, murmura-t-il, ému.

— Dans de drôles de circonstances, une fois de plus, sourit-elle.

Elle se détacha et les prit chacun par un bras.

— On a tout le temps de parler de tout ça. Pour le moment, on règle le problème-valises de Mémé.

Elle se tourna vers Brichot, repris par son angoisse des Samsonite envolées avec toutes ses précieuses fringues amoureusement rangées par Jeannette.

— Ça arrive à un voyageur sur deux quand on fait escale à New York, expliqua-t-elle. Te frappe pas. On va donner l'adresse de votre hôtel à San Francisco. La compagnie ne tient pas à perdre des clients. Neuf fois sur dix les bagages arrivent par l'avion suivant et ils te les apportent à domicile le lendemain matin.

— N'empêche, fit Brichot en se ravageant la moustache avec les dents du bas.

— N'empêche que vous êtes là, avec moi, et que vous ne pouvez pas imaginer ce que ça me rend heureuse, le coupa sa filleule.

***

Installé à l'arrière de la Volkswagen de Brigitte aux tôles grinçantes — Aimé avait été mis d'office devant à côté de sa nièce — Boris Corentin ne perdait pas une miette du spectacle grandiose qui se révélait peu à peu sous ses yeux.

L'entrée dans San Francisco par la 280, le plus grand *freeway* de la région, qui pénétrait dans la ville en la surplombant par un long ruban de macadam et de béton jonché sur d'immenses pilotis du même métal, avait la violence d'une vision de science-fiction. La 280 flottait si haut qu'on avait l'impression de survoler la ville. De la traverser en hélicoptère, à la hauteur du vingtième étage des gratte-ciel.

Dans la nuit, c'était comme une symphonie verticale d'illuminations. Les tours des bureaux gigantesques, de verre et d'acier, les garages immenses et encore des tours, et encore des gratte-ciel, le tout sous un ciel infini où galopaient des nuages orangés par les lumières de la ville comme d'énormes fumées volcaniques. En bas, l'immobilité verticale des monuments futuristes, avec leur grouillement de voitures et de population. En haut, le roulement permanent des nuées poussées par le vent du Pacifique.

Brièvement, Brigitte donnait des indications, professionnelle comme un tour-operator. La pyramide Transamerica, là-bas, dans Downtown, au bas de Telegraph Hill, le monument de la Bank of America comme un arbre de Noël cubique. La Coit Tower, sur sa colline...

— La quoi ? éternua Brichot.

— T'offusque pas , Mémé, rit Brigitte. La Coit Tower c'est une tour de soixante-quatre mètres d'où on peut voir presque toute la baie. Pas une grossièreté. Elle porte le nom de la dame qui l'a fait construire. Lillie Hitchcock Coit. Quand elle est morte, elle a légué cent mille dollars à la ville pour qu'on la construise. En hommage aux pompiers...

Brichot toussa.

— De mieux en mieux, fit-il en rougissant.

— Ça paraît incroyable mais c'est vrai, reprit Brigitte qui adorait gêner son parrain. Tu verras de jour : la Coit Tower a été construite de sorte qu'elle est censée représenter l'embouchure d'un tuyau d'arrosage !

Dans d'immenses tranchées entre les nuages, des étoiles palpitaient au fond du ciel de ténèbres.

— De toute façon, Mémé, fit Corentin, le jeu de mots auquel ton esprit mal tourné a tout de suite pensé ne peut faire rire que des francophones. Coït, ça n'existe pas dans la langue anglaise.

— Mais le mot latin *coïtus* est parfois utilisé, comme en France, précisa Brigitte, impitoyable pour la pudeur de Brichot.

— Juste, acquiesça Corentin, pince-sans-rire.

— Le plus souvent avec *interruptus,* continua Brigitte.

— Quant à notre mot français coït, en anglais, ça donne *coition,* enchaîna Boris, silencieusement hilare.

Brichot remua le nez comme si un poil de moustache lui était entré dans la narine.

— Si on parlait un peu de ce qui nous amène ici, questionna-t-il. Et d'abord, si tu nous racontais comment tu es arrivée à San Francisco ? Entre Marrakech et maintenant, il y a un grand blanc, tu sais...

Sur le *freeway,* les panneaux défilaient : *Seventh Street, exit 1/2 mile Fifth Street. Fourth Street. Bay Bridge. Oakland. Yerba Buena Island...*

— On a tout le temps, murmura la jeune femme. Pour le moment je vais vous faire voir le clou du spectacle. Le Golden Gate.

***

Loin derrière, mais ne perdant jamais de vue les feux arrière de la Volkswagen, la Buick noire du professeur Chenavard filait dans la nuit illuminée du *freeway*.

Au volant, il y avait un homme de quarante ans qui ne comprenait absolument plus rien.

— Qu'est-ce qu'elle fout ? Mais qu'est-ce qu'elle fout, bon Dieu ?

Une fois de plus, il avait l'impression qu'un dieu mauvais était en train de le frustrer du paradis auquel il estimait avoir droit.

La nuit était fraîche, mais Chenavard dégoulinait de sueur. Comme une source qui partait, invisible, du haut de son crâne pyramidal et suivait les longues rides de son profil d'oiseau de proie. Dans sa jeunesse, ce crâne déjà déplumé et ce nez en ouvre-boîtes lui donnaient une sorte de charme étrange. Le charme du monstrueux et de l'inquiétant. En vieillissant, le charme était parti. Le monstrueux était resté.

— Qu'est-ce que c'est que ces deux gars qui débarquent de Paris ? grogna-t-il.

Il évita un vieux pick-up Buick immatriculé au Nevada qui naviguait d'une voie à l'autre. Au volant, une sorte de cow-boy à moustache épaisse, raide défoncé à l'acide. A moins que ce ne soit plus prosaïquement à la bière. Les Américains s'enfilent leurs packs de bière comme des frénétiques, et ils ne tiennent pas du tout la distance.

« Si elle a fait venir du renfort de France, ça n'arrange pas mes affaires », pensa-t-il encore.

La journée avait pourtant bien démarré. Un vendredi de surexcitation qu'il avait eu du mal à cacher. Comme la semaine dernière, où il croyait qu'il allait enfin l'atteindre, son petit Nirvânâ personnel.

Lever à sept heures. Préparation du café pour

Pam, pendant que les enfants s'habillaient en repassant leurs leçons.

De huit à dix, préparation de son cours — il en donnait trois par semaine. De dix à onze, la classe. Ce trimestre, c'était un cours pour les *graduate* (1) sur le concept de jalousie chez Stendhal. De onze à douze, enfin, c'était ses *office hours*, le temps qu'il consacrait hebdomadairement à recevoir ses étudiants, dans son bureau du département *Humanities*. Déjeuner ensuite au *Faculty Club*. Puis promenade de deux heures dans les sous-bois du campus, à attendre que Pam ait libéré le plancher, à la maison. Elle partait tous les vendredis à quinze heures pour Palo Alto, à une heure de San Carranza par le Camino Real. Elle ne rentrait généralement qu'à minuit. C'est à Palo Alto, dans la Silicon Valley, la vallée des super-cracks de la Recherche en électronique, physique, et autres technologies de pointe, qu'elle prenait ses cours de recyclage. Ensuite, de vingt à vingt-deux heures, elle avait son groupe de spiritualité zen, dans un patelin d'à-côté, Los Altos Hills, dans les collines de Foothills Park. Une communauté mystique dirigée par un faux guru, Indien comme Chenavard était turc. Le lieu saint se voyait de loin. On avait fait construire sur la colline un immense moulin à prières gros comme un manège de chevaux de bois. En Amérique, on ne fait jamais les choses en petit.

Enfin, de vingt-deux heures à minuit, Pam avait sa rencontre hebdomadaire avec les filles du *Spiritual Movement of Radical Feminist Consciousness* (2) qui organisait un séminaire interconfessionnel à Portola Valley où on priait Dieu sous le

(1) *Graduate* signifie diplômé. Les *graduate* correspondent à peu près aux étudiants qui, en France, préparent un doctorat. En dessous, il y a les *undergraduate*, étudiants de licence en France.
(2) Mouvement spirituel de la Conscience Féministe Radicale.

nom de The Goddess (1). Pam faisait partie des Divine Witches, les Sorcières Divines. Pour Sorcière, c'était assez vrai, elle lui avait jeté un sort. Divine, ça se discutait.

Pour leurs gosses, le vendredi c'était le jour de la baby-sitter. Comme ils n'avaient pas classe à partir de midi, ils étaient gardés par une étudiante sur l'un des *play ground* collectifs du campus.

Les prénoms de leurs deux enfants franco-anglais avaient évidemment été choisis par Pam. Sans possibilité de discussion. Herbert avait onze ans et Rosa neuf.

Deux prénoms qui se ressentaient des grandes contestations gauchistes d'Amérique jusqu'au début des années 70. Herbert, c'était à cause d'Herbert Marcuse, l'un des papes de la contre-culture subversive *underground* dont la gloire avait incendié les campus aussi vite qu'elle avait décliné. Rosa, c'était pour honorer Rosa Luxembourg, la journaliste allemande qui dirigea le mouvement spartakiste à Berlin en 1919.

Maxence Chenavard s'était très mal fait recevoir, le jour où il avait osé dire à Pam :

— Heureusement que nous n'avons pas eu d'autres enfants. Avec tes nouvelles orientations idéologiques et religieuses, ils se seraient appelés Rabindranath comme Tagore ou Ahura comme Mazda (2).

Depuis combien de temps, Pam et lui traînaient ensemble, dans la hargne des jours et des nuits, un cadavre d'amour pourrissant ? Presque depuis le début, peut-être. En tout cas, depuis que, au terme de louables efforts culpabilisateurs, Pamela, qui s'était jetée tête baissée dans le féminisme à outrance, avait réussi à le convaincre qu'il était un

(1) La Déesse. En anglais, Dieu se dit *God*.

(2) Ahura Mazda, nom du dieu fondateur de l'ancienne religion des Iraniens, le mazdéisme.

mâle oppresseur, violeur, tueur, une sorte de monstre, un SS en puissance, un tortionnaire, le démon incarné.

Le résultat immédiat, ça avait été que depuis, côté intime, Chenavard n'avait plus de mâle que le nom.

Mais l'autre résultat, c'est qu'au fond, cette incarnation démoniaque, il s'était peu à peu senti tout à fait capable de l'assumer.

Pour redevenir un homme.

Il s'aperçut qu'il collait un peu trop à la Volkswagen et la laissa reprendre du champ.

— Bon Dieu, pensa-t-il, grinçant. Après tout ces efforts, si elle m'échappe, je vais devenir dingue.

Toute la fin de l'après-midi, dans la petite chambre qu'il louait trente dollars à San Francisco, dans Grand Avenue à un as de l'électronique, il était resté comme l'autre fois, devant son poste radio, à pirater les communications de Brigitte qui, au love-by-phone d'Embarcadero, faisait du mieux qu'elle pouvait pour donner des illusions d'amour à des mâles paumés du fin fond du Texas.

Elle avait cessé son travail plus tôt que d'habitude en avertissant le standard de la boîte par téléphone. Ce qui, par la même occasion, avait mis Chenavard au courant.

Sans le savoir, Brigitte lui avait même servi sur un plateau le lieu de sa prochaine destination. A la standardiste, qui devait être une copine, elle avait confié qu'elle allait à l'aéroport chercher deux amis qui venaient de France par le vol American Airlines de 22 h 30. Chenavard avait enregistré l'information.

La filature avait commencé au départ de Brigitte et des deux individus, dans le troisième sous-sol du parking, sous les bâtiments des American Airlines.

***

— Vous avez de la chance, murmura Brigitte Quentin. Malgré l'humidité, il n'y a pas de brouillard.

Brichot et Corentin étaient muets. Ils avaient changé de *freeway*. C'était maintenant le 101, et l'autoroute surélevée sur ses pilotis était comme une sorte de pont d'immense porte-avions conduisant à pic vers les eaux vertigineuses de la baie.

Au-delà, les deux tours jumelles, élancées comme un chef-d'œuvre d'art abstrait, du Golden Gate Bridge. Le plus beau pont du monde, s'élevant jusqu'à cent cinquante mètres au-dessus de l'eau dans un enjambement souple, miraculeux, de sa trame de câbles de soutien.

— Fabuleux, siffla Brichot.

La Volkswagen s'engagea sur l'arche géante. Même dans la nuit, les structures de métal luisaient de leur peinture rouge au minium parfaitement entretenue (on a calculé qu'il fallait quarante-huit mois pour le repeindre entièrement).

— Là-bas, fit Brigitte, c'est Alcatraz.

Elle désignait une minuscule île sur la droite, au milieu de la baie. Une tache plus sombre sur l'eau bleu nuit. L'Ile du diable, comme disaient les détenus. La prison dont on ne s'évadait pas. Une vraie cage aux lions qui a enfermé des gens aussi sympathiques et inoffensifs que Dillinger, Al Capone ou Pretty Boy. Avec son eau glaciale, autour, déferlant à une vitesse de neuf nœuds, les meilleurs nageurs y réfléchissaient à deux fois avant de tenter le grand plongeon.

— Il n'y a eu qu'une seule évasion dans toute son histoire, expliqua Brigitte. En 1962. Trois détenus. Ils ont creusé un tunnel avec des cuillères pour arriver jusqu'à la rive. Ensuite, ils ont dû gagner la côte à la nage. On pense qu'ils ont réussi. C'est-à-dire qu'on n'a pas retrouvé leurs cadavres, comme pour les autres évadés. Ce qui ne veut pas dire qu'ils n'aient pas fini dans le ventre des poissons. On n'a plus jamais entendu parler d'eux en tout cas.

Elle leva le pied de la pédale d'accélérateur.

— La vitesse est limitée sur le pont et il arrive que les flics vous chronomètrent, expliqua-t-elle. Ils pointent l'heure à laquelle vous êtes entré, et si vous arrivez trop tôt à l'autre bout, ça vous coûte un maximum.

Le vent sifflait comme en plein large. Dans les bourrasques, le pont vibrait. Derrière eux, se multipliaient les innombrables lumières de la baie.

Ils allèrent au bout du pont, firent demi-tour et revinrent. Après avoir payé un dollar de péage.

— On ne paye que pour revenir, expliqua Brigitte. Pas bête : le Golden Gate, pour presque tout le monde, c'est pratiquement un cul-de-sac. Quand on l'a pris dans un sens, on est obligé de le reprendre dans l'autre. Et de payer.

Brichot poussa un cri.

En quelques instants, pendant qu'ils faisaient leur demi-tour sur le parking, le brouillard avait eu le temps de se lever. Une énorme ouate mouvante qui enserrait les piliers du pont et fumait à ras de la chaussée.

— Inouï, s'exclama l'oncle de Brigitte. A vue d'œil ! C'est fantastique.

Comme une immense bête blanche mythologique au corps de fumée roulant sur lui-même, le brouillard montait, les enveloppant.

Derrière, les onze collines de San Francisco, avec leurs rues montant vers le ciel, disparaissaient comme si on avait tourné un bouton et coupé l'image. Plus rien. Le néant piqué de lumières suspendues dans le brouillard.

— Ça suffira pour ce soir, le tourisme, non ? fit

Brigitte, contente de son effet. Je vous conduis à votre hôtel ?

A cent mètres derrière elle, une Buick noire qui avait comme elle fait demi-tour au bout du pont roulait doucement dans les draperies de brume.

CHAPITRE VIII

Brigitte esquissa une moue.

— C'est pas le grand luxe, constata-t-elle. On devient pingre, à la PJ, ou quoi ? Ça descend, le standing. Du temps de ma folle jeunesse, vous alliez d'office à la *Mamounia*...

Boris Corentin parcourut des yeux la chambre de Brichot qui communiquait avec la sienne. Une pièce quelconque, confortable et neutre. Télé couleur bien entendu, réfrigérateur et même informations enregistrées sur cassette pour les clients.

— L'accueil, en bas, est mieux que les chambres, murmura Corentin en se souvenant du hall charmant, un peu vieillot, de l'hôtel *Canterbury,* sur Sutter Street. Des tapisseries, des lustres de cristal, des cheminées, deux aquariums remplis de poissons multicolores. Et des employés parlant toutes les langues.

— En tout cas on est au centre de la ville, fit Brichot qui papillotait des yeux. A deux pas d'Union Square.

— Plains-toi de la radinerie de la Maison, sourit Boris en revenant du réfrigérateur avec deux petites bouteilles de J and B. On sort terriblement de nos spécialités habituelles, cette fois. Baba a déjà été très bien, tu sais. Sans lui...

— Evidemment, il ne pouvait pas vous faire

descendre au *Hyatt Regency* pour une affaire de famille, soupira Brigitte.

Elle avait quitté son imper et était étendue sur le lit de son parrain et oncle. Soulevée sur un coude. Avec des rotondités saillantes sous le corsage turquoise et un mouvement de déhanchement qui faisaient des vagues partout dans la libido de Boris.

— *Hyatt Regency ?* répéta Brichot.

— Il faudra que vous voyiez ça, répondit sa filleule. Encore un truc inouï. Rien que pour donner des complexes à votre patron, au retour. L'hôtel super-super-luxe de San Francisco.

Boris était dans la salle de bains, en train de dégeler le bac à glaçons.

— La crise, tu as entendu parler ? La France d'aujourd'hui a des rapports très lointains avec l'Eldorado américain, tu sais ?

Il revint avec trois verres où tintait la glace.

— J'ai vu, fit Brigitte.

— Quoi ? Tu es revenue en France ?

La même exclamation, tous les deux. Avec une nuance d'indignation chez Brichot.

— Tu aurais pu faire signe à ton oncle, tout de même, fit-il, très père noble.

Brigitte avala une gorgée de J and B.

— Attends que je te raconte, soupira-t-elle. L'année dernière, après mon second divorce, j'ai eu un coup de cafard. L'envie de tout plaquer et de revoir la France. Jamais revue depuis mes dix-huit ans. Et surtout maman... Je ne me suis jamais pardonnée de l'avoir lâchée comme ça. Laissée avec papa. Sa vie gâchée, tout le reste...

Elle baissa les yeux.

— Bref, j'ai débarqué un beau matin à Paris. J'ai loué une voiture et foncé sur Lisieux. Vous vous souvenez de la maison ? Pavillon Phœnix avec des thuyas pour faire joli...

Elle s'étrangla.

— Rien n'avait changé.

Brichot s'était assis à côté d'elle.

— Je ne sais pas pourquoi, je n'avais pas prévenu de mon arrivée. J'ai stoppé la voiture et j'ai marché jusqu'à une fenêtre éclairée. C'était le soir. Dans la cuisine, j'ai aperçu maman. Elle était en train de préparer le dîner. Et puis papa, plus loin, endormi devant la télé. Cuvant.

L'or de ses yeux s'éteignit sous un brouillard de larmes retenues.

— Je ne sais pas ce qui m'a prise, j'ai paniqué à voir maman, comme ça, après toutes ces années. Vieillie, meurtrie... Abîmée... Esclave de mon père, pour l'éternité. Résignée.

Elle toussotta.

— J'ai eu peur et j'ai fichu le camp. Voilà.

Sa voix était blanche.

— Le lendemain, je redécollais pour les Etats-Unis, termina-t-elle. Tu comprends, Mémé, pourquoi je ne t'ai pas fait signe. C'était trop, quoi. *Too much*.

Brichot se détourna, ému.

— Boris, supplia-t-il, tu trouves quelque chose pour changer de conversation, ou on se met à pleurer tous les trois ?

Corentin tournait son verre entre ses mains.

— Le mieux est de revenir sobrement au premier motif de notre visite ici, décida-t-il.

***

Une heure plus tard, Brigitte avait récapitulé avec eux des événements vieux déjà de huit jours. A partir du moment où le cauchemar avait commencé pour elle. Le coup de téléphone dans son studio. L'arrivée de l'inconnu. La lutte désespérée contre lui. Et cette étrange impression de l'avoir « scalpé ». Comme si elle lui avait arraché la chevelure et que celle-ci flottait dans le vide. Puis le chloroforme, la nuit complète et le réveil atroce. Ligotée. La cassette de Ravel sur la platine avec cette musique mise au volume maximum. Et puis le récepteur téléphonique en elle. Monstrueusement planté entre ses cuisses, dans son ventre. Comme un leurre abominable.

— L'horreur totale, résuma Corentin. Une mise en scène de sado complètement détraqué. La pire des espèces : ceux qui jouissent à distance.

— Comment ça ? questionna Brigitte.

— Facile à imaginer, reprit Boris. Excuse-moi de revenir sur ce détail, mais le téléphone ne joue pas un rôle gratuit dans l'affaire. A moins que je ne fasse complètement fausse route, il a combiné le truc comme ça : il t'appelle d'abord, de tout près de chez toi, puis il fonce, te bloque alors que tu n'as pas encore raccroché, te neutralise, branche la cassette et repart après avoir placé le téléphone en position, disons : stratégique... Puis il retourne là d'où il t'a appelée et il écoute.

— Quoi ?

— Ton agonie. Tu étais programmée pour mourir. N'oublie pas la gazinière.

Il se resservit un J and B.

— L'espèce la plus vicelarde, grinça-t-il. Les nuisibles absolus. A exterminer. Qui jouissent par procuration.

Il chercha une cigarette dans son blouson posé sur un fauteuil.

— Celui-là est spécial. Le téléphone là où il était... Ta mort « observée » de l'intérieur...

Brigitte frissonna.

— Tu crois qu'il risque de remettre ça ?

Il n'osa pas lui répondre que c'était dans cette certitude qu'ils étaient là tous les deux, Brichot et lui.

— Je ne sais pas, hésita-t-il. Ces types-là...

Il alluma sa Gallia.

— Ce qui m'intrigue, c'est l'endroit d'où il a pu t'appeler. Cabine téléphonique ?

— Trop risqué, fit Brigitte. Et puis il n'y en a pas à proximité.

— Un voisin, alors ? Même immeuble ? Ou immeuble d'en face ?

— Tais-toi, trembla-t-elle. L'idée qu'il habite là... qu'il me surveille...

— Ou alors voiture ? Equipée d'un téléphone de bord ? Ça me paraît encore le plus probable, quoique l'hypothèse du voisin ne puisse pas être écartée.

Une voix au bord du sommeil parvint du lit où Brichot avait peu à peu atteint la position horizontale.

— Voisin sado, mais aussi maso, alors ?

— Pourquoi ? interrogea Boris.

— Pense au gaz. Si cette ordure habite le même immeuble, il risquait de sauter aussi. Il suffisait d'une étincelle...

— Il a raison, murmura Boris après réflexion. Je penche pour la voiture avec téléphone. Ce qui explique sa rapidité d'intervention.

Il tira une bouffée de sa Gallia.

— On sait déjà pas mal de choses sur ton agresseur, non ? dit-il. Bagnole à téléphone. Mélomane, ou en tout cas maniaque du *Boléro* de Ravel. Et chauve. Portant perruque, au moins pour ses expéditions nocturnes. Evidemment : son scalp flottant en l'air, c'était une perruque...

Il chercha des yeux un cendrier.

— Il va falloir que tu nous en dises maintenant un peu plus sur ton job, Brigitte.

— *Nous ?* sourit-elle. Regarde Mémé, Boris, j'ai l'impression qu'il est *out.*

Brichot avait fini par s'écrouler. Parti pour longtemps dans les hautes eaux du sommeil. Ecrasé par les quinze heures de vol, le décalage horaire, l'émotion de la perte de ses bagages, les retrouvailles avec sa nièce et la découverte de San Francisco.

— Qu'est-ce qu'on fait ? interrogea Corentin. Tu dois avoir sommeil, toi aussi, et il est plus d'une heure du matin.

Brigitte passait une main rêveuse sur son chemisier.

— Je me demande si je vais rentrer chez moi, murmura-t-elle en braquant l'or de ses yeux sur Boris, ou si je vais demander à la personne qui est en face de moi la permission de me déplacer de quelques mètres et d'aller dans sa chambre passer la nuit avec elle...

Boris la regarda aussi. Feu noir contre feu doré.

— La personne qui est en face de toi a envie depuis des siècles de se rajeunir les souvenirs, fit-il franchement.

Elle se leva, vint tout près de lui et passa un bras autour de sa taille.

— Il faudra seulement que tu sois très gentil, ajouta-t-elle. La dernière fois qu'on s'est introduit là où j'ai horriblement envie que tu viennes, on ne l'a pas fait avec beaucoup de ménagements...

— Tu imagines que je n'y pensais pas ? gronda Boris doucement.

Ils disparurent dans sa chambre.

***

Au pied de l'hôtel *Canterbury,* sur Sutter Street, la Buick de Maxence Chenavard décolla à deux heures du matin.

— La sale petite pute, gronda l'universitaire. Elle m'a eu en beauté.

Il coupa le son du radio-cassette. La grimpée victorieuse du *Boléro* de Ravel, avec ses tambours et les cuivres enlaçant crescendo leurs rythmes orgasmiques, le mettait hors de lui. Sa frustration était à son comble.

Il démarra en laissant de la gomme sur le macadam et se mit à sillonner les rues comme un fou. L'image de Brigitte gravée en pointes de feu dans ses rétines.

A trois heures du matin, il rôdait dans les quartiers chauds de Folsom Street. Pas mal de gays, en cuir des pieds à la tête, passaient. Se tenant par la main. En couples. Il gara sa voiture le long d'un hangar et revint sur ses pas. Bousculant un junkie (1) en haillons complètement défoncé qui titubait en occupant toute la largeur du trottoir, les yeux morts. Tout au bout de son voyage au fond de l'enfer de la coke.

Il était passé mille fois devant *Blue and Pink*, sur Folsom Street, un établissement très spécial où il y en avait pour tous les sexes. Une de ces innombrables « usines à viande » de la ville, comme on disait brutalement à San Francisco. Il n'avait jamais osé y entrer.

Mais cette nuit, son second échec avec Brigitte Quentin le poussait irrésistiblement. Tout, plutôt que de rester sur sa frustration.

Comme dans une bulle de démence qui l'isolait du monde des vivants, il poussa la porte de tôle de *Blue and Pink*, paya mécaniquement au guichet derrière lequel un très jeune Noir avait visiblement du mal à garder les yeux ouverts. Un dollar et demi. La cotisation pour devenir, vite fait, membre du « club »... A ce tarif-là, le *Blue and Pink* drainait tout ce qu'il y avait de plus misérable dans la ville.

Chenavard n'avait qu'un billet de vingt dollars. Le Noir se trompa plusieurs fois en lui rendant la monnaie.

(1) Drogué.

— Je fais des heures supplémentaires, expliqua-t-il. Vingt-quatre heures sans dormir. Excusez-moi.

Le *Blue and Pink* fonctionnait jour et nuit. Sans interruption. La grande usine à abattage de chair humaine.

Chenavard ne l'avait même pas écouté. Il avançait maintenant dans un long couloir sombre. Tout lui paraissait irréel. Il se demandait comment il tenait debout. Sur sa droite, s'ouvrait une petite salle de ciné. Porno, bien entendu. Et presque déserte. Il passa la tête. Le temps d'apercevoir sur l'écran un énorme sexe masculin en gros plan en train de s'introduire dans quelque chose de rose et brun qu'il reconnut après réflexion comme l'endroit où les garçons et les filles se ressemblent. Il s'agissait en l'occurrence d'une fille.

Trois prostituées métisses le croisèrent. Enormes, mafflues. Nues à part des string roses disparaissant presque sous les bourrelets de leurs ventres.

Au premier, une flèche indiquait l'empire des gays. Avec des salles pour les fanas des supplices avec chaînes, ventes d'esclaves, cages en fer ou fouets. Chambres de tortures pour compliqués. Il avait entendu parler de l'endroit. On virait de temps en temps un ou deux macchabées qu'on allait discrètement déposer ailleurs. La police avait renoncé à faire le ménage au *Blue and Pink,* avec le secret espoir que tous ces malades, tous ces gays, finissent par s'entretuer, et que leur espèce disparaisse d'elle-même...

Depuis quelque temps, ce genre de rêve semblait près d'être exaucé. Depuis qu'avait commencé l'épidémie de SIDA (1). La punition du Ciel, disaient les anti-gays. Le doigt de Dieu. Le retour des pestes

(1) Syndrome immuno-déficitaire acquis. Une maladie mortelle qui décime en ce moment les homosexuels américains et contre laquelle on n'a pas encore trouvé de riposte.

noires du Moyen Age. La punition de l'Enfer. Depuis que ça avait commencé à se savoir, quelques mois auparavant, les gays n'osaient même plus se toucher. Ce qui expliquait l'aspect presque désert du *Blue and Pink.* Les hétéros aussi tremblaient pour leur peau. Après tout, il y avait assez de bisexuels passant tout naturellement de femmes en hommes et d'hommes en femmes pour que les hétéros un peu « libres » — ceux qui fréquentaient les nombreuses partouzes de San Francisco, par exemple — soient à leur tour décimés par ce qu'on n'appelait plus que le cancer gay...

Il descendit les marches de fer conduisant au sous-sol. La musique gueulait de partout, électrifiant l'atmosphère. Afro. Envoûtante. Swingante. Il reconnut *Syncro System,* de King Sunny Adé.

Des bouffées glacées montaient des caves, lui gelant la sueur qui coulait entre ses omoplates, collant sa chemise bleue et son pantalon.

Il arriva enfin, hébété, dans les *glory holes* d'en bas. Les trous... Une immense salle où des centaines de petites cabines, très style pissotières, s'accolaient les unes aux autres, en travées, dos à dos. A l'intérieur, trois cloisons qui étaient chacune percée d'un trou à la hauteur des organes génitaux.

En poussant la porte d'une des cabines, puis en la refermant sur lui, il se dit qu'il était en train d'arriver au bout de son voyage dans la folie noire. Le dernier cercle de la misère et de l'avilissement. L'accouplement archi-anonyme. Sans même voir sa partenaire...

En grelottant de fatigue, de frustration, de désespoir, il se pencha vers un des trous pour voir si la cabine voisine était occupée. Personne. Dans celle qui lui faisait face, il y avait un homme.

Il vira vers la troisième.

L'étroit orifice laissait deviner une paire de fesses énormes. De femme. Ni très jeunes ni très attirantes. Immobiles. Attendant la pénétration. N'importe laquelle. De n'importe qui. Et surtout n'importe où. Par n'importe laquelle des deux entrées proposées ainsi silencieusement dans une sorte de rituel à la fois sordide et envoûtant.

Ouvrant convulsivement son pantalon, Chenavard se chercha, s'extirpa de son slip. Il avait espéré il ne savait quel miracle. Inutilement. Il se prit à pleines mains et se mit à s'agiter comme s'il voulait s'arracher ce lambeau de chair qui lui pendait au ventre, flasque et mou, et par lequel il n'était plus un homme depuis si longtemps.

Au bout d'un moment il jura, fou de rage. Alors, les deux mains en avant par le trou dans la cabine, il ouvrit les fesses de l'inconnue et la pénétra si brutalement, tentant d'enfouir ses doigts dans ses reins, que l'autre se mit à hurler en se débattant pour échapper à la brute.

Mais de la main gauche passée sous son ventre, il la tenait solidement. Sa main droite se frayait en force un passage dans l'étroit anneau de muscles fragiles. Déjà trois doigts y étaient passés. Il voulait y enfouir sa main. Et pourquoi pas le poing ? Le *fist fucking,* à défaut d'autre chose, ce serait une compensation.

La musique à plein tube, des explosions déchaînées de *Funkenstein,* couvrait les cris de la femme.

Longtemps, sauvagement, il se vengea sur elle, la massacrant jusqu'au fond de son intimité.

***

Renversé sur le lit, la tête en arrière, pour cause d'oreillers jetés à terre dans un des trois rounds précédents, Boris Corentin se laissait avaler par Brigitte avec une infinie béatitude. Il retrouvait sa science consommée déjà appréciée autrefois, dans un autre lit d'un autre hôtel, sur un autre continent.

Sa manière raffinée de l'aspirer au plus profond d'elle puis de plonger, de sorte que ses lèvres s'enfouissent dans la toison de son pubis, de se retirer à nouveau, ne gardant dans sa bouche que la tête tendue de son sexe brûlant que sa langue enveloppait lentement, puis recommençant.

Il avait l'impression de flotter, bercé par une vague tiède à laquelle il s'abandonnait. Il avait froid, puis chaud, puis chaud encore et encore froid. Il sentit une marée monter de lui et, les yeux fermés sur des explosions multicolores, il se libéra enfin pour la quatrième fois, à longs jets généreux au fond de la gorge de Brigitte qui l'avalait en frissonnant convulsivement.

CHAPITRE IX

Boris Corentin se souleva sur un coude pour faire tomber quelques miettes de croissant qui restaient accrochées sur Brigitte. Pas n'importe où. Entre ses seins magnifiques. Là où, vers quatre heures du matin, la jeune femme avait absolument voulu qu'il fasse la démonstration qu'il était parfaitement capable de remettre ça une cinquième fois.

— En tout cas, le temps ne t'a pas amoché, constata-t-elle tandis que la main de Boris s'attardait sur ses pointes de seins roses qui durcissaient à vue d'œil. J'ai l'impression que c'était hier, Marrakech...

Il sourit.

— Tu es toujours la Brigitte de dix-huit ans que j'ai connue, murmura-t-il. Moi aussi ça me remue, tu sais.

Il avala une gorgée de café avant de reposer sa tasse sur le plateau du petit déjeuner qu'ils venaient de commander par téléphone et qui se trouvait sur le lit, entre eux.

— Encore de la pluie, constata-t-il avec un coup d'œil vers la masse de lumière grise qui pesait sur la fenêtre. La Californie n'est plus ce qu'elle était.

— C'est le deuxième hiver que ça se passe comme ça, expliqua Brigitte. Les gens ne comprennent rien. Normalement, l'hiver, il pleut un peu, mais pas sans arrêt comme en ce moment. Et pas de tels déluges. Ça leur porte sur les nerfs, tu sais ? Ils ont l'impression que quelque chose est détraqué dans l'ordre cosmique des éléments. Et comme San Francisco vit en permanence dans l'angoisse de la catastrophe...

— Le fameux tremblement de terre ?

— C'est n'est hélas pas une blague. Il y a eu celui de 1906, en pleine nuit, avec ses incendies qui ont fait des tas de morts et détruit la ville. Depuis, on sait que ça recommencera. Que le sol une fois de plus se dérobera, comme un tapis qu'on retire sous vos pieds. Que tout disparaîtra à nouveau. Tous les sismologues sont d'accord. Un jour, ici, tout sera en miettes.

Elle rit.

— J'y pense à chaque fois que je traverse en voiture le Golden Gate. L'idée de me trouver là, à deux cents mètres au-dessus du Pacifique, au moment où les piles du pont se mettront à trembler... Un beau film-catastrophe, non ?

Boris essaya de l'arracher à ces visions d'apocalypse.

— Pour l'instant, dit-il en passant le bras autour de ses épaules nues, la vie continue. Et on est là pour qu'elle continue plutôt mieux que mal, non. Alors, pardonne-moi si je recommence à te poser des questions. Ton boulot, d'abord. Ça m'a paru assez curieux, pour ne rien te cacher...

— Assez, oui, sourit Brigitte en esquissant une reptation pour se lover contre Boris.

Il sentit ses longues jambes chaudes s'entrecroiser aux siennes tandis qu'un genou opérait une pression calculée contre un endroit de sa personne qui ne demandait qu'à se muscler de nouveau.

— Je vais t'expliquer, commença-t-elle.

***

Quand elle eut fini, elle était couchée sur Boris, ventre contre ventre.

— Je trouve que cette enquête ne démarre pas désagréablement du tout, fit-elle en gigotant pour se caresser, cuisses ouvertes, sur lui.

— En effet, murmura Corentin. Mais ce que tu viens de me raconter m'abasourdit. Ton boulot est invraisemblable. Du porno par téléphone. De la prostitution sans se prostituer. L'amour à distance. Incroyable ! L'Amérique est incroyable !

— Ne ris pas, murmura Brigitte en agaçant avec les boucles de sa toison la masse de chair prisonnière à l'intersection de ses cuisses. Les Etats-Unis sont toujours de dix ans en avance sur l'Europe. Vous aurez ça bientôt en France !

Elle creusa le ventre, faisant saillir la fourrure, incroyablement drue pour une blonde, qui formait une forêt triangulaire en relief au bas de son ventre.

— Et qui dirige ça ? questionna Boris d'une voix hachée par la vision vertigineuse que lui offrait Brigitte.

— Tim. Timothy Greenglass. Un drôle de type. Pas antipathique, d'ailleurs. L'aventurier qui fait du fric. Un prototype de l'Américain moyen ambitieux. Démarré avec vingt dollars et un culot à vendre le Golden Gate à un Japonais.

— Amant ?

— Non. C'est un gros et je n'aime pas les gros. Histoire classique : il voulait et moi non. Il a essayé un peu. Week-end sur la côte, à Carmel. Pas bête, d'ailleurs. Il avait compris que la meilleure chance pour lui de m'avoir était de ne pas me faire violence. Il avait retenu deux chambres.

Elle se balança, le chevauchant toujours.

— Les deux chambres ont été occupées. Séparément. On était partis bons amis, on est rentrés bons amis. Depuis, on est toujours amis.

— Tu ne te trompes pas ? Il ne peut pas avoir très

bien caché son jeu et attendu de prendre sa revanche ?

Elle s'immobilisa, réfléchissant.

— Je ne le vois pas en sadique, murmura-t-elle.

— On ne connaît jamais un être, on cesse parfois de sentir qu'on l'ignore, fit Corentin, professoral.

— C'est beau, ça, apprécia Brigitte en recommençant sa danse du ventre. C'est de qui ?

— Un philosophe français. Et les autres hommes ? Excuse-moi mais je suis obligé de te demander.

— Pas un seul depuis six mois. Pas vu la...

Elle plongea la tête dans l'épaule de Corentin.

— J'allais dire une cochonnerie.

— Je t'en prie.

— Pas vu la queue d'un, puisque tu insistes. Mon job m'assèche le désir. A force de les entendre, tous ces pauvres types, se déballer au bout du fil, ça me rend pessimiste sur la majorité des mâles.

La respiration plus rapide, elle commença à essayer de s'empaler sur lui, soulevant les fesses doucement de sorte qu'il se dresse bien droit entre ses cuisses, là où sa chair s'ouvrait entre deux renflements tendres, couleur corail.

— Evidemment, quelques nuits avec toi vont sérieusement perturber mes statistiques.

Elle l'avait enfin trouvé.

— Il faut absolument que je rencontre ton patron, murmura Corentin. Ce Tim... Timothy Greenglass...

Elle retomba sur lui, s'empalant avec la violence qu'elle voulait, désirant le sentir buter au fond d'elle, l'emplissant à la faire éclater.

— Si tu veux, soupira-t-elle, la tête en feu.

— Evidemment, même s'il cache quelque chose, je n'ai aucun moyen de le faire parler, reprit Corentin. Et puis, la moindre vague va déclencher des drames, côté police de San Francisco.

— Ils ne cherchent plus, fit Brigitte qui n'avait plus qu'un filet de voix. Affaire classée pour eux. Des histoires comme il s'en produit tous les jours, ici. Même le chef inspecteur Nicoletti, l'ami de ton flic français, là...

— Dumont ?

— Oui. Même Nicoletti, il a fermé le dossier. Le plus important pour lui c'est que je sois vivante.

Ce qui était parfaitement naturel, pensa Corentin. Encore fallait-il faire en sorte qu'elle le reste...

— En somme, on a le champ libre ?

— Ça m'en a tout l'air.

Elle s'était mise à monter et descendre, les yeux clos, le souffle court, comme si elle commençait un galop immobile.

— Tu as pensé à l'hypothèse d'un client que tu aurais spécialement excité et qui aurait réussi à trouver ton adresse et ton identité ? murmura-t-il encore, se disant qu'il y avait des moments plus adéquats pour un interrogatoire.

— J'y ai d'autant plus songé, fit Brigitte sans s'arrêter, que c'est arrivé il y a trois mois à Jerry, une de mes collègues.

Boris eut l'impression qu'on venait d'allumer un projecteur dans son cerveau.

— Tu aurais pu me le dire avant, s'écria-t-il. C'est par elle que je vais commencer.

Le bassin de Brigitte continuait à onduler.

— Hé, pas de blagues ! Jerry est ravissante et je n'entends pas qu'on me trompe. Sans mon accord, en tout cas, corrigea-t-elle.

— Comment peux-tu imaginer que j'en sois capable ? soupira Corentin hypocritement.

— D'ailleurs, décida-t-elle, j'irai avec toi et je surveillerai tout.

— Pourquoi pas ? Je ne suis pas contre un extra triangulaire, susurra Boris.

— Salaud ! s'exclama la jeune femme blonde en s'abattant une fois de plus sur lui.

Les yeux agrandis, elle sentait depuis quelques instants le plaisir monter. Elle se redressa, se cambrant, creusant ses reins et faisant saillir les magnifiques globes de ses fesses.

Ce fut ce moment qu'Aimé Brichot choisit, du fond de son lit, en toute innocence, pour commettre sa gaffe annuelle.

Mal réveillé, il se leva dans la chambre voisine et tituba vers la porte de communication avec celle de Boris. Il frappa et comme sa flèche ne lui répondait pas, il entra.

Pour que lui saute au visage le spectacle, parfaitement choquant pour un oncle et parrain, de sa nièce et filleule, de dos lui offrant une croupe épanouie et rose au milieu de laquelle se plantait, vertical, l'interminable mât viril de Boris.

— Nom de Dieu ! murmura-t-il. Je viens de faire un rêve.

Il pivota sur lui-même comme une toupie et s'escamota dans sa chambre, rouge de confusion.

Personne ne l'avait vu. Il décida donc que c'était bien un rêve.

CHAPITRE X

De jour, avec cette pluie qui détrempait le paysage comme si on avait fait faire trempette à une aquarelle pour que les couleurs dégoulinent les unes sur les autres, le Camino Real, l'immense artère qui partait de San Francisco et qu'on retrouvait dans toute la Californie jusqu'au Mexique, avait encore l'air plus sinistre que la nuit, quand les lumières des enseignes au néon clignotaient sur ses rives.

— L'endroit le plus affreux de tout l'Etat, murmura Brigitte. A droite et à gauche il y a des champs, des vergers, des collines. Mais là, c'est l'horreur absolue. Le dépotoire de San Francisco. Ses *suburbs.*

Ils avaient quitté la ville par le sud, en direction de San Mateo. Boris conduisait lentement, attentif à ne pas dépasser les cinquante miles autorisés. Ce serait le comble, de se faire pincer comme un chauffard par un policier américain !

— Il fait un drôle de bruit, je trouve, murmura-t-il.

— Qui ? questionna Brichot qui s'était cette fois installé à l'arrière.

— Le tas de tôles contestables qu'on t'a présenté comme une voiture, répondit Boris.

Brichot se renfrogna, vexé.

— On m'a dit de faire des économies, j'en fais, grogna-t-il sous sa moustache.

Après son débarquement intempestif dans la chambre de Boris, il était allé oublier tout ça en se rendant utile. C'est-à-dire en louant une voiture au premier *Rent a Car* trouvé sur son chemin, près d'Union Square.

— Ils ne se sont pas foutus de toi, parrain, sourit Brigitte. Une Ford Pinto... Une voiture célèbre, aux Etats-Unis...

— Ah ! fit Brichot de l'air dont il aurait dit : « Et toc ! »

— Célèbre parce que ce type de bagnoles a été l'objet d'un procès qui a fait beaucoup de bruit, il n'y a pas si longtemps, continua Brigitte Quentin, impitoyable. Tu connais Ralph Nader, le type qui s'est spécialisé dans la défense des consommateurs américains ? Eh bien, il a attaqué Ford en démontrant que la Pinto était une vraie bombe ambulante...

— Hein ?

Une tache blême s'agrandissait sur la calvitie de Brichot.

— Je n'invente rien, Mémé. La Pinto a le réservoir d'essence beaucoup trop près du coffre arrière. Ce qui veut dire que si on est percutés un peu violemment par-derrière, on explose. Inutile d'ajouter que Ralph Nader a gagné son procès. Les dernières Pinto en circulation appartiennent aux agences de location.

Ses seins libres se soulevèrent sous le pull tandis qu'elle riait.

— Normal qu'elles soient louées moins cher que les autres, non ?

Boris se laissa doubler par une Eldorado dorée, décapotable mais capotée, et tractant caravane. Il y avait pas mal de caravanes, d'ailleurs, sur le Camino Real. Et des camping-cars. Le samedi matin, les San-Franciscains qui le pouvaient quittaient la ville en masse, par n'importe quel temps.

— On vit dangereusement, en somme ? fit gaiement Boris. Ça nous change...

— Elle n'habite pas la porte à côté, ton amie, fit Brichot, de mauvais poil, pour changer de sujet.

Ça faisait vingt minutes qu'ils avaient quitté San Francisco.

— On arrive, fit Brigitte. Jerry n'est que depuis deux mois dans la région. Elle arrive du Kansas. Les loyers sont chers, en ville. Elle habite un motel en attendant d'avoir de quoi se payer un studio. Voilà, c'est là-bas.

Boris ralentit. L'interminable artère, qui n'avait de royal que son nom espagnol, était bordée d'un nombre incroyable de motels. A se demander comment ils pouvaient faire des affaires. Quand ce n'était pas des motels, c'était des stations-service ou des agences de location de voiture ou des shopping centers. La plupart du temps des bâtiments bas, carrés, toits en terrasse, d'une couleur blanche écaillée. Une sorte de banlieue déjà mexicaine à la limite du pouilleux. Rien à voir avec les accumulations grandioses de San Francisco. De temps en temps on apercevait des noms en français : « Boulangerie », « Confiserie », « Vins »... La grande tradition. Des restaurants aussi : *L'Elu, Le Central, Le Pot-au-feu.* La réputation de la France dans le monde se maintenait par la bouffe.

Le plus étonnant, c'était les établissements chinois. En forme de pagodes. Avec des lions, des dragons, des serpents sculptés partout. Une folie de rococo oriental en stuc.

Le motel *Bella Vista* était fait de plusieurs blocs blancs disposés en U et parfaitement crasseux. Sa position le long d'une route sillonnée jour et nuit disait qu'on devait y passer des nuits extrêmement calmes. Ou alors, les fabricants de boules Quiès, dans le coin, faisaient fortune.

Le gravier de la cour minuscule crissa sous les pneus de la Pinto. Dans l'entrée du motel, sous le panneau au néon rouge *No Vacancy* (1), l'employé de la réception exhibait un dentier qu'il avait dû récupérer sur son père ou son grand-père, tant il était mal ajusté.

— Jerry Faulkner ? demanda Brigitte en anglais. C'est bien ici ?

— Chambre 110, répondit le réceptionniste dans un claquement de râtelier.

C'était au premier étage du bâtiment voisin, le long d'une grande galerie découverte en bordure de laquelle s'alignaient les logements. Huit mètres carrés chacun, un bar en contreplaqué, la télé couleur et le lit.

Une superbe Noire avec une mini-jupe de cuir à ras du ventre sortit de la chambre voisine, suivie d'un Blanc à casquette à carreaux qui n'en finissait pas de se rhabiller.

Quand ils furent tous les quatre dans la chambre de Jerry, ils commencèrent très vite à étouffer.

— Vous ne me dérangez pas, fit la jeune femme, répondant à une question de Boris. Au contraire, les week-ends sont longs ici. Surtout quand il fait ce temps-là.

Boris la regardait. Elle n'avait pas seulement la voix de Marilyn Monroe. Elle en avait aussi l'allure. Les cheveux platinés, la bouche en cœur, en moue innocente et sensuelle en même temps. Le sourire. C'était incroyable, une telle ressemblance avec la grande actrice morte d'une façon qui, au fond, n'avait jamais été vraiment éclaircie.

Jerry Faulkner se leva et se dirigea vers la platine, visiblement le seul objet qui lui appartenait, ici, en

(1) Complet.

dehors de ses vêtements, et mit un disque. Tango argentin. Les baffles se mirent à hurler.

— J'espère que ça ne vous gêne pas trop ? fit le sosie de Marilyn en criant plus fort. Je mets des disques toute la journée. Le seul moyen de ne pas trop entendre le vacarme des voitures, sur la route.

— J'adore le tango, répondit Boris sur le même ton, c'est-à-dire de toute la force de ses poumons.

— Tant mieux, éclata de rire Brigitte. Jerry n'a que des tangos dans sa discothèque. Tu peux regarder : disques et cassettes, ce sont des tangos ! Du Piazzola surtout.

La mélodie lente et mélancolique, avec quelque chose de sauvage, explosait dans leurs tympans. Ça promettait une conversation intime.

— Excusez-moi de réveiller sans doute de mauvais souvenirs, commença Boris en gueulant.

— Ne vous fatiguez pas, répondit Jerry en faisant de même. Brigitte, quand elle m'a prévenu de votre arrivée, m'a dit qui vous étiez et ce que vous cherchiez à savoir.

Elle éclata de rire.

— Et puis, vous imaginez que je vais rater l'occasion d'aider mon amie ? Si par hasard son agresseur était le même que le mien...

— Comment s'appelait-il ? cria Brichot.

Ça devenait un vrai concert. Quatre sourds en train d'essayer de se faire entendre.

— Jean-Baptiste Saint-Christophe.

— Drôle de nom, constata Brichot en notant sur un petit carnet.

Sa cravate le gênait pour hurler, et en plus il se sentait d'une propreté douteuse. Pour cause de valises pas encore arrivées à l'hôtel, ce matin, malgré les affirmations rassurantes de sa nièce.

— Un nom haïtien, expliqua Jerry. C'est un métisse. Débarqué dans la région il y a peu. Venant de Harvard.

— Harvard ? questionna Corentin surpris.

— Oui, il est enseignant. Prof. A la School of Engineering de San Carranza. Une université du coin. A vingt-cinq miles d'ici à peu près.

Brichot siffla.

— Un universitaire-violeur !

— Il ne m'a pas violée, corrigea Jerry.

— Il a essayé, non ? questionna Corentin.

— Pas vraiment. A l'origine, c'était une voix parmi d'autres, au love-by-phone. Un client. Et puis, il a poussé le jeu un peu trop loin. Il m'a attendue un soir, à la sortie. Il m'a suivie. Jusqu'ici. Il a forcé ma porte et il est resté toute la nuit. Il n'a pas essayé de me violer. Il est resté couché, là, toute la nuit. Et il m'a parlé de lui. En pleurant.

— En pleurant ? fit Brichot, ahuri.

— C'est plus fréquent que vous ne pouvez le croire, les hommes qui pleurent, vous savez ?

Elle toussa. Ils avaient les poumons en feu à force de crier pour couvrir les tangos de Piazzola qui crachaient leurs décibels. Pour une conversation intime, c'était réussi.

— Si j'ai porté plainte, fit-elle, c'est qu'il s'est mis à tout casser, ici, vers l'aube.

— Vous saviez son nom ?

— Tous les clients donnent leur nom au standard, avant de nous appeler. Pour la carte de crédit.

Brichot se lissait la moustache du bout de son crayon.

— Ce qui m'a toujours étonné, c'est qu'il a été arrêté et relâché le jour même. Sans poursuites.

Corentin se tourna vers son coéquipier.

— Qu'est-ce que tu en penses, Mémé ?

— La même chose que toi. J'ai envie de faire la connaissance de ce Saint-Christophe. Et puis...

— Et puis, termina Boris, il faudrait essayer de savoir quelles ont été les protections qui lui ont permis de se soustraire à la justice.

Il se leva.

— Mademoiselle, je vous remercie, fit-il en forçant sur les aigus pour avoir une chance d'être entendu.

Quelques instants après, tandis que Brichot suivi de Brigitte quittaient la chambre de Jerry, celle-ci retenait un instant Boris par le bras.

— Si je retrouve quelque chose que j'ai oublié, fit-elle, quelque chose qui pourrait vous être utile dans votre enquête, où puis-je vous joindre ?

Ils étaient sur le pas de la porte. Brigitte était déjà au bout de la galerie. A l'extérieur, le grondement des voitures était en effet aussi riche en décibels que les disques et les cassettes de Jerry.

— A mon hôtel, fit-il. Le *Canterbury*. Sur Sutter Street.

Elle le regarda intensément. Elle était décidément très jolie. Boris eut l'impression que c'était de l'électricité qui passait entre eux.

— On se reverra, assura-t-elle.

***

Cinq minutes plus tard, Jerry entendit de nouveau frapper à sa porte. Persuadée que c'était le très athlétique policier français brun aux yeux noirs qui avait trouvé un prétexte pour remonter, elle se précipita pour ouvrir.

Puis essaya de refermer tout aussi précipitamment.

Mais c'était beaucoup trop tard. Pour tout.

CHAPITRE XI

Le long du Camino Real, sur la droite, un immense écran de *drive-in* leur tournait le dos. On y jouait en alternance deux films qui passeraient dans six mois à Paris. Quelques voitures étaient arrêtées dans le parking, regardant le spectacle invisible de la route. Des serveuses à peu près toutes blondes ondulaient entre les véhicules avec des plateaux de commandes : frites en cornets et chili-burgers.

— C'est drôle, murmura Corentin en surveillant le compteur de la Ford Pinto qui avait une sérieuse tendance à dépasser cinquante miles.

— Quoi ? questionna Brichot, de l'arrière.

— Rien, je dois avoir des visions.

— Dis toujours.

— Tu n'as pas remarqué la grosse Buick noire garée à côté de la nôtre, devant le motel, quand on est partis ?

— Non.

— C'est idiot. Il me semble que je l'ai vue hier soir sur le parking de l'aéroport. Et puis ensuite, quand nous roulions sur le Golden Gate.

Brigitte sourit.

— En France, une Buick, ce serait un événement. Ici, c'est la voiture de tout le monde.

— Tu as raison, murmura Boris. C'était une Buick parmi tant d'autres.

Un peu plus tard, alors qu'ils apercevaient les premiers gratte-ciel de San Francisco s'arrachant au brouillard péniblement, Boris se tournait de trois quarts vers Brichot.

— Qu'est-ce qu'on fait, Mémé ?

— On va à l'hôtel voir si mes valises sont enfin arrivées, grommela l'époux de Jeannette qui pensait aux Samsonite bourrées de vêtements bien rangés par les mains conjugales et amoureuses de sa douce moitié.

— Je ne parle pas de ça, obsédé, sourit Corentin, mais du prof haïtien. Jean-Baptiste Saint-Christophe.

— On n'a pas le choix, laissa tomber Brichot. On appelle le Chief Inspector Nicoletti. En espérant qu'il sera quand même coopératif.

Nicoletti avait été net avec son ami Dumont, au téléphone. Absolument pas question d'aider les deux policiers français. Le plus qu'il pouvait faire, c'était de fermer les yeux et de les ignorer. En priant le bon Dieu qu'il n'y ait pas trop de casse sur leur passage.

— Tu as raison, fit Boris. C'est notre seul contact possible. Il ne va pas aimer, mais tant pis.

— A la guerre comme à la guerre, fit Brichot, modérément combatif.

*
* *

Dans sa chambre de l'hôtel *Canterbury*, Boris Corentin raccrocha, soulagé.

— Ça n'a pas été trop difficile, finalement, soupira-t-il en revenant vers Brichot, affalé dans un fauteuil avec toute l'angoisse de ses Samsonite toujours pas arrivées.

— Il a gueulé ?

— Il a fait ce qu'il fallait, murmura Boris. En me rappelant que notre qualité de policiers français ne nous donnait aucun droit au regard des lois américaines. Que dans notre intérêt il nous conseillait de ne pas trop jouer les fouille-merde.

De la salle de bains, parvenaient d'abondants bruits de piscine. Brigitte prenait une douche. Visiblement décidée à considérer la chambre de Boris comme sa légitime résidence secondaire, tout le temps de leur séjour.

— Bref, termina Corentin, il veut bien quand même, par amitié pour Dumont, faire des recherches concernant le prof un peu trop vite blanchi. J'ai même eu l'impression que ça l'intéressait. Tu sais ce qui a pesé le plus lourd dans sa décision de nous aider ?

— Non.

— J'ai eu l'idée du siècle. On l'invite ce soir à dîner. Les bons roses en prendront un vieux coup mais ça en vaut la peine. Cuisine française, *of course.* Au *Ernie's,* sur Montgomery Street, à deux pas de Broadway. Avec les économies qu'on fait grâce à toi sur la location de voiture...

Brichot rougit légèrement.

— Tu y crois, toi, à cette histoire de bombe roulante ?

— De toute façon, si c'est vrai, on ne risque rien, puisque tous les Américains que nous croiserons sont au courant. Conclusion, ils nous éviteront comme la peste. Pas de risques de collision à redouter.

Le visage de Brichot était contracté.

— Souris, Mémé, la vie est belle, on est à San Francisco, on va faire ce soir de la haute gastronomie et puisque ta garde-robe visite en ce moment les Etats-Unis, on va sonner pour qu'on te repasse ton costume et cire tes chaussures. Je te prêterai une chemise fraîche et une cravate. Tout va pour le mieux, non ?

***

Le genre de question à laquelle, au même moment, le long du Camino Real, Jerry Faulkner dans sa chambre du motel *Bella Vista* n'aurait sûrement pas répondu par l'affirmative.

Si elle avait été en mesure de répondre.

Le bâillon l'en aurait de toute façon empêchée. L'inconnu au crâne lisse et nu qui propageait autour de lui une drôle d'odeur de sueur rance s'était découragé de la questionner sur ses visiteurs. Même avec les coups, ça ne donnait rien. Deux dents cassées n'avaient pas suffi. Ni le sang que déglutissait Jerry, péniblement, et qui lui donnait envie de vomir. Les vêtements arrachés, les bouts de seins bleuis à force d'avoir été tournés et torturés dans tous les sens, elle gisait, pantelante, en se disant que cette chambre de motel sordide perdue au bout d'une route hideuse de *suburbs* allait être son dernier décor.

Elle regarda l'inconnu aller et venir dans la pièce exiguë. Il l'avait attachée à terre, aux pieds du lit, avec des cordelettes de nylon. Ses jambes étaient largement ouvertes et ses chevilles fixées aux éléments d'un radiateur scellé dans le mur.

Les mains enveloppées dans des gants de plastique transparent, il sortit de sa poche une cassette qu'il plaça dans le logement de la platine. Puis il décrocha le combiné téléphonique et forma un numéro. Enfin il s'avança vers elle, le récepteur à la main.

Quand elle comprit par quoi elle allait être forcée, elle sut aussi ce dont elle se doutait déjà. Qu'elle avait en face d'elle l'inconnu qui avait essayé de tuer Brigitte.

Mais ce secret-là, elle l'emporterait avec elle dans une région d'où jamais personne n'est encore revenu.

Le téléphone enfoncé dans son ventre, l'inconnu s'approcha d'elle, écarta légèrement son bâillon et, lui pinçant le nez pour provoquer une convulsion de la glotte qui l'obligerait à avaler, projeta dans sa gorge un certain nombre de pilules en nombre étudié dont elle devina sans effort que ce n'était sûrement pas des euphorisants. Puis il replaça le bâillon, vérifia qu'il était bien serré, et quitta la chambre.

— *Have nice dreams* (1), murmura-t-il dans un anglais parfait mais avec une légère pointe d'accent français.

Encore une révélation qui ne servirait à personne.

*
* *

Autour de sa Buick noire, la pluie qui battait furieusement les vitres faisait un rideau garantissant la discrétion. D'ailleurs, qui se serait intéressé à lui, sur le parking du motel *Bella Vista ?* Le déluge l'avait rendu désert, à part une Gremlin blanche, et personne ne se doutait que, dans une chambre du premier étage, une pauvre fille qui ressemblait comme une sœur à Marilyn Monroe agonisait.

Dans la grisaille qui noyait tout, seul le *No Vacancy* au néon rose faisait une tache lumineuse. Trois palmiers lamentables pendaient des palmes, avec des têtes de plumeaux rachitiques.

Il avait bien fait, Maxence Chenavard, de revenir rôder à l'aube du côté de l'hôtel de San Francisco où la salope blonde d'origine française avait visiblement passé la nuit avec l'un ou l'autre des inconnus débarqués la veille au soir en Californie. Probable-

(1) Faites de beaux rêves.

ment, d'ailleurs, avec le grand brun à carrure de dieu du stade. Mais ça, ce n'était pas son problème.

Il ne sentait pas la fatigue de la nuit blanche. Il avait tout oublié. San Carranza, le campus, Pam, les gosses, ses devoirs de prof et de père de famille.

C'était le week-end. *Son* week-end. Et il ne voyait plus au-delà. Sa vie qui reprendrait comme avant. Monotone. Monocorde. Incolore. L'ennui des jours et des nuits. L'affrontement silencieux et féroce avec Pam, dans le désert de leur existence conjugale.

Quelque chose lui disait qu'en réalité sa vie ne reprendrait plus jamais vraiment comme avant.

Pour le moment, écroulé sur le cuir des banquettes de la Buick, il écoutait la plus douce musique du monde.

Chez Jerry, avant de partir, il avait formé le numéro d'appel de son propre téléphone de bord. Il était donc branché en direct sur la chambre, à trente mètres de là où agonisait la pauvre fille.

La cassette laissée en marche, chez elle — le *Boléro* de Ravel bien sûr — se déchaînait maintenant à plein tube. Une musique faite pour l'orgasme. Quand on pense que la sagesse des nations dit que la musique adoucit les mœurs !

Entre le *Boléro* et lui il y avait une vieille, une très vieille histoire. Presque aussi vieille que lui. Quand il y repensait, ça faisait comme des gifles d'images qui lui flashaient les rétines. Des gros plans de film d'horreur. Une danse de mort parfaitement accordée à la montée en cadences régulières de la composition de Ravel. Toute sa sexualité, jadis, s'y était bloquée, coagulée. Fixation primaire à la scène primitive, disent les psychanalystes. Œdipe mal liquidé. N'importe quoi. Lui, sa scène primitive, elle s'était déroulée loin d'ici, sous un autre ciel, sur un autre continent. Et il avait eu beau mettre entre lui et elle un océan, un continent et une kyrielle de méridiens et de parallèles, elle était toujours là, avec lui, fidèle au poste sous ses paupières. Visiteuse de nuit obsédante, permanente. Collant à ses talons, habitant ses rêves comme le fantôme masqué de son enfer intime.

Il y avait eu du mieux, pourtant, dans les brefs débuts de ses amours avec Pam. Le printemps de la vie... Fugitif. Parti à jamais. Ça c'était vite gâché. Pam avalait comme un buvard toutes les modes idéologiques qui passaient. Elle aussi, c'était comme si elle était devenue folle. Dans un autre genre. La catégorie de ceux qui ont attendu la révolution bolchéviste aux Etats-Unis pour le Premier janvier 1968 et qui ont sombré ensuite dans des démences plus ou moins douces. Plutôt moins que plus. Pam, après les grandes émeutes anti-Vietnam, s'était ravagée à la défonce collective, aux trips d'acide, aux messes noires.

Elle était passée du « Free Speech Movement » aux « Adeptes de Satan ». Des « Students for a Democratic Society » aux partouzes dans des studios sordides d'étudiants à Berkeley. Des « Hell's Angels » aux fugues hippies en bus déglingué à travers l'Amérique. Elle était partie deux fois plus de six mois, emmenant avec elle Rosa, leur dernière-née, pendue à sa mamelle et attiffée de haillons où étaient dessinés, paraît-il, des symboles taoïstes. Il recevait des cartes postales du Mississipi, du Nevada, de New York, de Toronto. Il avait dû aller la récupérer, la seconde fois, en Guyana où elle avait échoué entre les griffes des adeptes de Jim Jones, le « Messie » ressuscité de centaines de misérables qui, quelques mois plus tard, allaient se suicider collectivement sur ordre de leur chef monstrueux en un hallucinant holocauste dont les images coupèrent le souffle, à l'époque, aux télespectateurs du monde entier.

Sa dernière invention, il y a un an, ça avait été de lui imposer la présence sous le toit conjugal d'un guru noir qui se prétendait la réincarnation du Prêtre Jean (1), ce qui ne l'empêchait pas, mixant races, religions et continents en un joyeux syncrétisme, de passer ses journées sur le pas de la porte, accroupi en méditation hindoue dans la position du lotus.

Chenavard se moquait éperdument de tout ça. Il aurait bien divorcé, mais Pam ne voulait pas en entendre parler. Avec lui, disait-elle, elle expiait ses précédentes vies qui avaient été mauvaises. Par contre, des gens qui savaient deviner les desseins insondables cachés dans la grande roue des réincarnations, lui avaient affirmé que son prochain *karma* serait tout simplement radieux.

Son mari, pendant ce temps-là, mijotait ses rêves de sang et de mort.

Le récepteur du téléphone de bord vissé à son oreille, il n'était plus ni dans sa Buick, ni sur le parking d'un motel au bord d'une route de Californie, ni aux Etats-Unis. Ni même sur cette terre. Il était dans son paradis à lui. Avec cette musique de plus en plus rapide du *Boléro* où les instruments de l'orchestre en se superposant progressivement et en se multipliant semblaient faire aller et venir leurs sonorités les unes dans les autres de plus en plus fort, de plus en plus vite... Clarinettes en mi-bémol, trompettes en ré, hautbois d'amour, saxophones, tambours. Montée, descente. Remontée. Un va-et-vient plus évocateur pour lui que n'importe quel porno. D'autant plus qu'il passait par un endroit où plus aucun homme ne passerait jamais. Par le ventre velouté, meurtri, martyrisé, violé, de Jerry, la « Marilyn » de *suburb* américain. Un ventre que

(1) Souverain légendaire à qui on attribuait au Moyen-Age un mystérieux empire chrétien perdu au milieu de l'Islam, du côté de l'Ethiopie. C'est pour le délivrer que se firent de nombreuses expéditions qui aboutirent aux grandes découvertes.

des sons sourds captés par le récepteur lui faisaient « voir » en gros plan. Evidemment, il n'avait pas eu le temps, avec Jerry, de fantasmer comme il l'avait fait sur Brigitte pendant des semaines avant de passer à l'action. Minutieusement. Maniaquement. Il avait fallu improviser. Mais les improvisations, quelquefois, ont du bon. Celle-là était plus que ça encore.

Ça y était.

Il *rebirthait* (1).

Repasser par là d'où il était sorti. Se refaire à neuf. A zéro. A partir de la reconstitution du souvenir traumatique de sa petite enfance.

Ça marchait.

Et la fille, là-bas, en plein cœur d'un après-midi pluvieux quoique californien, crevait doucement, silencieusement. En musique.

Une thérapie formidable. Un *rebirth* inouï. Et pas symbolique comme dans les psychothérapies qui faisaient des ravages sur la Côte Ouest. Pam avait *rebirthé* trois ou quatre fois déjà. D'après ce qu'elle disait, elle était remontée au-delà de son propre foetus. Quand elle n'était encore qu'une lueur d'intention lubrique dans les yeux de ses parents.

Lui, il faisait la même chose mais avec du concret. De la chair. Une vraie femme et son vrai ventre.

Et avec la mort non simulée de sa « mère » bien involontaire, puisque la psychanalyse vous apprend que votre plus cher désir inconscient est de coûter la vie à celle qui vous met au monde.

Dans sa chambre lugubre, Jerry vivait une « maternité » brève et atroce. Cette fois, il n'y avait aucun danger qu'elle en réchappe. Pas de bricolage

(1) Franglais : renaître. Le *rebirth* est utilisé dans certaines psychothérapies modernes. Il s'agit de faire régresser le malade symboliquement jusqu'à sa naissance et même en deçà pour lui faire découvrir les traumatismes qui le bloquent.

comme avec le gaz, chez Brigitte. Il avait soigneusement calculé la dose des somnifères. Quinze comprimés de barbituriques. La dose idéale, il s'était rencardé auprès d'un collègue de San Carranza, un jour, sans avoir l'air de rien. Une anesthésiste du San Carranza University Medical Center installé sur le campus. Un centre de soins mais aussi de recherches connu dans le monde entier. On y travaille sur les combinaisons génétiques et on y a récemment mis au point le premier cœur artificiel.

Après les convulsions hallucinatoires et la syncope, Jerry devait en être au coma. Baignée dans une musique somptueuse dont la progression lancinante donnait à son agonie un caractère sacré de sacrifice humain.

Et lui, il *levait* enfin sauvagement ! Il avait, gonflant l'étoffe de son pantalon, une barre de métal brûlant. Une hampe en fusion.

Il se déboutonna convulsivement. Des images perdues dans la voie lactée flashaient sous ses paupières. Des séquences de cris et de terreur. Cinq hommes autour de sa mère. Et lui à deux ans, la taille d'un nabot, hurlant dans un coin. Et les vêtements de sa mère arrachés. Le ventre. Les poils, les cuisses bleuissant sous les coups, et la radio poussée au maximum de son volume pour couvrir les hurlements, giclant le *Boléro* de Ravel... Des images de haine. Ses souvenirs d'enfance. Perdus là-bas, à des années-lumière. Dans une autre galaxie.

Il s'était complètement sorti du pantalon et se secouait comme s'il préparait une crème fouettée.

Ce qu'il vit d'abord à travers les larmes de pluie du pare-brise ce fut un dentier inadapté à une mâchoire trop petite. Comme si on avait greffé les dents de Fernandel à un nain.

— Excusez-moi, bafouilla le réceptionniste du motel, vous ne pouvez pas déplacer votre voiture ? Vous bloquez celle du patron.

Il coinçait effectivement une Gremlin blanche qu'il n'avait même pas remarquée. Au lieu d'obtempérer, il se rua hors de la Buick en saisissant comme un dément le réceptionniste à la gorge.

— Fils de pute, hurla-t-il. Tu vas retourner d'où tu viens ? Tout de suite !

Le brillant professeur d'université ne s'était pas reboutonné. Et ça recommençait à pendre. Lamentablement.

CHAPITRE XII

Dans la nuit de San Francisco vibrant et claquant dans le vent comme un immense bateau prêt à appareiller, ça faisait drôle, ce gros losange rouge au néon dressé au premier étage de la façade et dont la lueur parvenait encore à l'intérieur du restaurant. Une « carotte ». L'enseigne des Tabacs, en France. Inconnue aux Etats-Unis. Sauf devant certains restaurants français. Un signal plus éloquent que de longs discours.

— Je suis en train de me demander si la police de l'Etat ne ferait pas une riche acquisition en vous naturalisant Américains, tous les deux.

Propos de table. On a raison de dire qu'on ne se comprend vraiment qu'après avoir bien mangé. Nicoletti était hilare, et il semblait avoir encore doublé de volume depuis qu'ils étaient à table.

— Sans flatteries, reprit-il, vous avez peut-être levé un lièvre...

Boris le regarda terminer avec du pain français le plat qu'il avait commandé. Canard rôti aux oranges et aux fraises. Après la bisque de homard, Nicoletti avait attaqué le plat principal comme s'il s'agissait de hors-d'œuvres. Boris chassa la vision de Dumont et Nicoletti en virée à travers la France gastronomique. Deux Bibendum à l'assaut des tables françaises les plus renommées.

— Vous aussi, vous nous avez fait faire du chemin, apprécia-t-il chaudement.

Il fit un signe au serveur. Nicoletti avait bien mérité une troisième bouteille de pinot chardonnay de la vallée de Napa, la région de Californie, au nord de San Francisco, où on cultive des vignobles qui font des crus très honorables. Ce qu'on sait moins, c'est que ce sont les Jésuites et les Franciscains qui ont introduit cette culture dans la région au XIXe siècle...

— On a bien fait de ne pas prendre un bourgogne, fit Nicoletti. Trop mélangé. Il inclut du gamay, du pinot noir, de la petite sirah et du carignane...

Brichot ouvrait de grands yeux. Les vins et la bonne chère aidant, il avait fini par se sentir presque à l'aise dans la chemise de Corentin deux fois trop grande pour lui. Tirebouchonnée secrètement par derrière sous la veste et coincée dans le pantalon. Le chiendent, c'était des poignets mousquetaire qui avaient tendance à glisser en avant et à lui couvrir la moitié des mains, dans le plus pur style clown. Il fallait surveiller le phénomène et le prévenir à temps. Le col de la chemise aussi était disproportionné. On aurait pu mettre deux cous comme le sien. La cravate serrée à mort, pour essayer de camoufler la différence d'encolure flagrante avec sa flèche, faisait mille petits plis extrêmement disgracieux.

— Il y a deux choses que je ne comprends pas, fit-il. *Primo,* l'intérêt qu'avait cet inspecteur, ce...

— Matt Hammer.

— Matt Hammer, oui. L'intérêt qu'il avait à couvrir Saint-Christophe.

Nicoletti regardait avec de grands yeux cette merveille : le pinot chardonnay coulant à flots rouges et lourds dans son verre, servi par Boris.

— Flic pourri, grommela-t-il. Ici, c'est plus courant qu'en France. On fait avec. Saint-Christophe n'a pas que son salaire de prof, déjà confortable. Sa famille, en Haïti, possède la moitié de l'île et fait partie des plus sûrs soutiens de la dynastie Duvalier. Ça veut dire qu'il a pu arroser Matt Hammer, simplement.

Brichot effleura des yeux, sous ses verres Amor, les murs du restaurant *Ernie's*, tapissés de satin. Il y avait des miroirs, des lustres de cristal et des poutres d'acajou au plafond. Avant de passer à table, ils avaient pris trois apéritifs dans le salon d'accueil au raffinement victorien, avec son bar d'acajou massif et verre fumé. Les meubles magnifiques qu'on voyait partout provenaient pour la plupart des vieilles et superbes demeures des premiers temps de San Francisco.

— *Secundo,* reprit-il, ce qui me chiffonne, c'est que Saint-Christophe, plus ou moins violeur potentiel, tout de même, de Jerry Faulkner, est pédé comme un phoque.

On apportait sur la table les *zabaglione.*

— *Nobody's perfect,* murmura Nicoletti.

Au physique, c'était un sosie frappant de Karl Malden, un second rôle du ciné américain devenu illustre sur la Côte Ouest grâce à un feuilleton télé, *les Rues de San Francisco,* où il incarne le lieutenant Mike Stone, un flic sympathique. Nicoletti avait le gros nez bossué, les petits yeux enveloppés de rides et le menton en galoche de la vedette de la télé. Il pesait simplement trente kilos de plus.

— Sans rigoler, fit Nicoletti, on va essayer d'éclaircir tout ça.

A force de manger et de boire, on aurait dit qu'on lui avait verni le visage.

— Après le café, je vous propose de faire un tour au *Feedback.* Une boîte à tantes de Castro Street, le quartier des gays.

Il attaqua les *zabaglione.*

— Ils ont diffusé un dessin, rit-il, sur lequel ils

montrent Castro Street commençant à New York, au Village, et s'achevant en Océanie, sur une plage...

— Vous pensez que Saint-Christophe risque d'y être ?

— Qu'est-ce qu'on peut faire, un samedi soir, sur un campus perdu dans la nature ? Saint-Christophe vit seul. Je le vois mal passant son week-end chez lui à regarder les feuilletons télé. J'ai mes renseignements. Il est au *Feedback* ou au *Stud* (1), les deux boîtes les plus célèbres de Castro. Ça ne fait pas un pli.

Corentin sourit.

— Vous n'êtes pas obligé de nous accompagner.

Nicoletti battit des cils.

— Vous m'êtes sympathiques, tous les deux. Voler au secours de la petite compatriote en danger, c'est pas des mœurs de chez nous. Ça fait chevaleresque. Ancien Régime. *French*, quoi.

*
* *

Dehors, l'air avait changé incroyablement vite. La nuit était limpide, transparente. Plus un nuage. Le coup de balai fantastique. Avec l'infini des planètes scintillantes au-dessus des onze collines, des gratte-ciel, des maisons victoriennes peintes en rose bonbon, des lumières d'Oakland et de l'île d'Alcatraz, du Golden Gate et des rues toboggans, de la pyramide de Transamerica illuminée comme une fusée et de la longue parabole d'acier et de béton du Bay Bridge, presque couché à ras des eaux de la baie. Des souffles marins chargés d'iode baignaient leur visage. San Francisco est une énorme péninsule cernée sur trois côtés par la mer. Une immense cité arrêtée au bord du Pacifique comme une grande chaise-longue blanche.

(1) *L'étalon.*

Corentin frissonna en songeant qu'un jour tout cela disparaîtrait, dans une courte et brutale secousse de l'écorce terrestre. Demain. Ou dans cent ans.

— Au fait, fit Nicoletti en s'installant d'office à l'avant dans la Ford Pinto, près de Corentin, qu'est-ce que vous avez fait de mademoiselle Brigitte Quentin ?

— Elle a préféré nous laisser entre hommes, expliqua Brichot. Pour les boîtes de Castro, c'est plus raisonnable, non ?

***

Après la nuit fraîche comme un sorbet au citron vert, la boîte gay de Castro Street leur faisait l'effet d'une caisse de sardines pas fraîches arrosées d'huile rance.

I've seen that face before. La voix de Grace Jones, la fantastique Noire longiligne coiffée punk qui a récemment donné des boutons au ministère des Droits de la Femme, en France, pour avoir posé nue derrière des barreaux de cage pour la couverture de son dernier album, résonnait, monocorde et envoûtante comme un cri de guerre tribal.

— Tout le lobby gay est ici, murmura Nicoletti à l'oreille de Corentin. Ça en jette, hein ?

Les murs du *Feedback* étaient décorés d'une immense fresque où des adolescents nus coiffés de feuillage se prélassaient les uns contre les autres le long d'une terrasse, au bord d'un golfe qui rappelait celui de Naples. Très Grèce antique, l'âge d'or des homos.

Déjà Brichot, dehors, avait étouffé pas mal d'exclamations en passant devant les vitrines de Castro. Magasins d'articles « cuir » bien sûr, mais aussi d'innombrables boutiques d'accessoires virils de toutes tailles et toutes matières. Dans les boutiques, les vendeurs étaient gays comme la clientèle. Un magasin d'ordinateurs à écrans et de jeux électroniques était tenu par un grand garçon athlétique, une réclame vivante pour le body-building, vêtu d'un slip léopard et d'un boléro de cuir ouvert sur un torse gonflé de muscles. Il était en train de vendre une machine à traitement de textes à un ravissant petit couple de minets moustachus.

— Vous ne voyez pas Saint-Christophe ? questionna Corentin en faisant tinter dans le verre les glaçons de la vodka Eristoff frappée qu'il avait commandée. Sa première.

Nicoletti en était déjà à la seconde et la terminait. Quant à Brichot, on l'aurait découpé en lanières qu'il n'aurait pas pu avaler plus de trois gorgées de la bière qu'il avait prudemment commandée. Avec tout ce qu'il avait déjà bu, il avait un mur de feu dans l'estomac. Celui de Nicoletti devait être ignifugé.

— On va attendre un peu, fit le policier de San Francisco. Il n'est pas si tard.

La mode était visiblement à la moustache. Bien taillée, en brosse. « Virile »...

— Tu ne dépares pas dans le tableau, Mémé, fit malicieusement Boris. Attention à la drague !

Toutes les races et toutes les couleurs de gays se confondaient. Les plus jeunes ondulaient des fesses le long des « vieux », leurs tailles sans hanches et leurs petits culs musclés serrés dans des pantalons sans poches pour ne pas rompre la ligne. Beaucoup étaient torses nus et des mains s'égaraient un peu partout sur des poitrines velues ou non.

— En quelques années, une véritable société parallèle s'est créée à San Francisco, expliqua le policier américain. Il y a la *Tavern Guild*, association de patrons de bars et de boîtes gays. Les photographes gays. Les psychothérapeutes gays, les *relaxation groups* gays. Les associations d'avocats gays. Les agences de pub, les cabinets financiers, les chiropracteurs gays. Il y a aussi bien sûr les services médicaux pour homosexuels dont l'association s'appelle la Bay Area Physicus for Human Right. On croit qu'il y a environ trois cent mille pédés dans toute la région. Il y a même des astrologues gays !

De temps en temps, un couple arrêtait de danser et, enlacé, glissait doucement en ondulant vers l'arrière-salle. Une petite porte discrète derrière un rideau...

Nicoletti éclata de rire.

— Vous devinez ce qui se passe, là-bas, dans le back-room ?

— Je crois, murmura Corentin.

— Au début, on faisait fermer les boîtes où ça baisait dans l'arrière-salle. Maintenant, on est dépassés. Les *spermeaters* (1) ont gagné.

— Et le SIDA ? questionna Corentin.

— Ils y pensent tous. Le châtiment du Ciel ! Mais ceux qui croient que ça va les rendre aux joies de la famille hétéro se mettent le doigt dans l'œil. Ils sont tous candidats, ici, à une mort horrible et qui ne pardonne pas puisqu'on ne connaît pas encore de remède. Ils le savent. Mais pour eux c'est trop tard. N'empêche qu'ils font attention. Regardez-les. Ça m'étonnerait bien que, dans l'arrière-boutique, ils soient en train de s'en... Non, ils doivent se rouler des pelles. La tendresse a succédé aux vraies étreintes. Vous savez par où se transmet le SIDA ? Par le sang. L'acte sexuel homo, avec toutes les déchirures intimes qu'il implique, est idéal pour véhiculer le cancer gay.

Un colosse blond à cheveux longs, très country dans sa veste à franges, emmêlait sa moustache à celle d'un garçon tout en cuir, de la chemise noire

(1) Mangeurs de sperme.

aux bottes noires, avec de grosses chaînes autour du cou et des poignets de force argentés.

— De toute façon, reprit Nicoletti, ils ont l'habitude de flirter avec l'apocalypse. Si San Francisco n'était pas ce qu'elle est, c'est-à-dire une ville qui depuis des années attend d'un jour à l'autre la fin du monde par le réveil sismologique, les gays ne s'y seraient pas implantés si facilement. Eux-mêmes, à leur manière, ils sont déjà le spectre du Jugement dernier.

Il effleura Corentin du coude.

— Mon cher collègue, fit-il, on n'aura pas trop attendu.

De Jean-Baptiste Saint-Christophe, la première chose qu'ils virent, fut ce qui brillait le plus : un diamant étincelant incrusté dans sa narine droite, comme un plomb qu'on lui aurait tiré et qui serait resté fiché là, coincé. Le diamant attirait tous les feux de la salle et les répercutait comme de minuscules flashes éblouissants.

— Je vais aller le chercher, fit Nicoletti en extrayant ses cent dix kilos de la banquette.

Le visage café au lait du professeur haïtien surgissait d'une combinaison blanche étincelante. Il portait la petite moustache réglementaire, et ses ondulations souples, au rythme de la musique, ne cessèrent que progressivement pendant que le policier lui parlait. Quand ils rejoignirent Boris et Brichot à table, ce fut visiblement à contrecœur, en ce qui concernait Saint-Christophe.

— Il est au parfum, fit le policier. On va pouvoir l'interroger.

La sono diffusait l'ouverture de *Star Treck*, un des films préférés des homos. Dans des accompagnements de lumières violentes, stromboscopiques, pour l'ambiance galactique.

— Alors, ma belle petite poule, grasseya Nicoletti, on recommence à embêter les dames ?

Il montra du menton les autres gays qui se trémoussaient sous le projecteur.

— Tu n'as pas honte ? Qu'est-ce qu'ils vont dire, tes copains, s'ils savent ce que tu faisais à une femme, la semaine dernière, dans la nuit de vendredi à samedi, au sixième étage d'un immeuble qui fait le coin de Lombard et de Jones ?

Ça s'engageait mal. Saint-Christophe n'avait l'air de goûter l'humour du policier que très modérément.

— Vendredi, samedi et dimanche derniers, fit-il dans un anglais précipité, j'étais à Los Angeles.

— Tu peux parler en français, puisque tous les trois vous avez la même langue natale et que, pour ce qui me concerne, je me débrouille pas mal.

— D'accord, se cabra Saint-Christophe. Mais vous arrêtez le tutoiement.

Nicoletti préféra plonger dans sa vodka Eristoff.

Boris Corentin hésitait à passer à l'interrogatoire. Il n'était rien, ici, après tout. Ce fut Brichot qui se décida le premier.

— Vous pourriez fournir des preuves de votre séjour à Los Angeles, pendant le week-end dernier ?

— Evidemment, fit Saint-Christophe en étudiant avec intérêt le moustachu.

Un rapide examen. A cause de la moustache. Négatif. Non : pas homo. Abominablement hétéro, même.

— Ça tombe bien, reprit-il. A Los Angeles, je suis passé dans une télé locale, vendredi soir. J'étais invité à une émission sur ma spécialité. *Engineering.* Business, technologie et marketing.

Le diamant jeta des feux multipliés.

— Qu'est-ce qui s'est passé, au fait, vendredi soir, au coin de Lombard et de Jones ?

Puisqu'on était entre innocents, la conversation reprenait un ton plus mondain. Boris fit un signe au serveur. Vodka Eristoff aussi pour le nouveau venu. Avec de l'orange.

— Une sale affaire, grogna Nicoletti, vexé d'avoir fait chou blanc. Comme ça avait des rapports avec la nuit que tu as passée, il y a trois mois, dans une chambre de motel, chez une certaine Jerry Faulkner, on a pensé à toi. Evidemment.

— Evidemment, reprit Saint-Christophe, glacial.

— De toute façon, tu sais, je vérifierai pour Los Angeles, grinça le policier, peau de vache.

— Je sais, murmura le Haïtien. Mais je crois que je peux vous épargner cette peine.

— Comment ça ?

Boris retenait son souffle. Au visage de l'autre, il comprenait que celui-ci allait dire quelque chose d'important et que ce ne serait sûrement pas un mensonge.

— Est-ce que vous croyez qu'un type qui va crever dans six mois, ou un an au plus, perdrait son temps à finasser sur des trucs de ce genre ?

Le policier grogna quelque chose. Dans la main du Haïtien, les glaçons tintaient contre les parois du verre rempli de vodka Eristoff, à l'orange.

— Mon dernier check-up ne me laisse aucune chance, quoi qu'en disent les médecins, reprit Saint-Christophe. Les infections pulmonaires se succèdent. Pneumonie. En termes savants : *Pneumocystis carinii.*

Boris se sentit devenir blafard. Il avait compris depuis longtemps.

— Ça a commencé, continuait le Haïtien, par des ganglions. Dans le cou, sous les bras, à l'aine. Et puis ils se sont mis à enfler. Le pire, c'est que c'était sans douleur. Vous voyez le genre ? Par ailleurs, ça allait parfaitement bien. Je me suis mis à perdre du poids. A avoir de la fièvre, comme ça, sans raison apparente. A tousser. Je suis finalement allé voir des toubibs.

— Nom de Dieu ! souffla Nicoletti qui blanchissait lui aussi.

Ils n'entendaient même plus la musique. Cet homme jeune encore, trente-cinq ans au plus, avec sa mort inscrite en lui, inéluctable, ça créait comme une zone étrange de silence au milieu de la salle. Comme si la Mort en personne s'était installée à leur table.

— L'AIDS (1) oui, ou le SIDA comme on dit en France. Pris plus tôt, on aurait peut-être pu bloquer ça avec des antibiotiques, des fongicides, des médicaments antiviraux. Ça arrive qu'on sauve des « sidas ». Cinq pour cent des cas !

Il rit sèchement.

— Vous savez quel est le portrait-type de l'individu « à risques », pour le cancer gay ?

Il avala une gorgée de vodka.

— Homosexuel, drogué et émigré haïtien. Les trois catégories les plus touchées.

Il reposa son verre.

— J'appartiens aux trois catégories.

Brichot essayait d'avaler sa salive, péniblement et sans succès.

— Alors, vous pensez que vos histoires, là, elles ne pèsent pas très lourd. Je n'aurais pas perdu mon temps à vous mentir. Un homme qui sait qu'il va mourir, et qu'il n'a pas la plus petite ombre de chance...

Boris croisa nerveusement les doigts.

— La nuit avec Jerry Faulkner, murmura-t-il, vous veniez d'apprendre... ?

Saint-Christophe baissa les yeux.

— J'ai mal réagi, au début, quand j'ai su. J'ai flippé, quoi. L'envie de me suicider. Et puis j'ai essayé autre chose. Parler à quelqu'un... Me raccrocher pour ne pas crever avant le terme fixé. Un

(1) AIDS ; *Acquired Immunity Deficiency Syndrom.*

collègue, à l'université m'avait parlé du love-by-phone. Ça faisait drôle, pour moi, d'aller vers une femme... Vous comprenez, entre gays, la conversation sur le SIDA est devenue difficile... Tabou... Le mal sacré... La peste noire... Ou alors c'est le militantisme boy-scout. On se met tous ensemble pour crever le virus... comme si c'était possible ! La nature s'est vengée, c'est tout. On était allés trop loin.

Il cacha ses mains sous la table, pour dissimuler son tremblement.

— C'est comme ça que je suis entré en communication avec une fille du love-by-phone en question. Le hasard. J'avais besoin de parler. Avec une femme. Comme une bouffée de vie « normale » qui me prenait brusquement. Envie de savoir ce que c'était, l'autre versant du monde. Les filles... Je lui ai parlé. De tout, sauf de ma mort. Et puis j'ai eu envie de la connaître. Par recoupements, j'ai su à quoi elle ressemblait. Je l'ai attendue à la sortie de son travail. Puis suivie jusqu'à son motel. Vous connaissez la suite.

Il avait bloqué ses mains sur ses genoux.

— Le plus pénible, pendant toute cette nuit-là, ça a été de ne pas pouvoir dire la vérité. Parce que j'avais décidé que je me tairais là-dessus. Visiblement, elle ne comprenait rien. Quand j'ai tout cassé, à l'aube, c'était sur moi que je m'acharnais. Pas sur elle, la pauvre !

Il émit un rire sinistre.

— C'est drôle, cette nuit-là, j'ai eu des doutes. L'impression que j'avais fait fausse route. Que finalement j'aurais pu être un brave hétéro, comme un autre...

Il montra la salle d'un geste.

— Leur prétendue civilisation gay, elle me fait horreur, maintenant. Préserver avant tout notre mode de vie, qu'ils disent. Les cons ! La culture gay.

Le style gay. La richesse du mouvement gay. Vous savez ce qui se passe ici ? Il y a un établissement, le *Virgile's,* une immense boîte qui est en train de faire faillite, dans Van Nesse Avenue. C'était la boîte à partouzes la plus chic et la plus chère de San Francisco. Homos et hétéros s'y mélangeaient. La jet-set californienne s'y abonnait à l'année. Pour les autres, une seule entrée coûtait cinquante dollars. Pendant dix ans, hommes et femmes, ou femmes et femmes, ou hommes et hommes, y ont fait l'amour dans toutes les positions. Dans les piscines, la grande salle ou des boxes plus discrets.

Il regarda Corentin.

— Le *Virgile's,* il est vide aujourd'hui. Dix clients par nuit alors qu'il en passait avant plus de deux cents. Tout le monde a la trouille. Même les femmes. Elles risquent toujours de tomber sur un bisexuel qui leur refilera le SIDA. Ça serre les cuisses, à San Francisco...

Un peu de sueur brillait sur ses narines, autour du minuscule diamant incrusté.

— Et au *Megasexuel,* une autre boîte qui n'a jamais si mal mérité son nom ! reprit-il. On a installé des petites tables à deux chaises. Les clients se repèrent, se choisissent, s'assoient, boivent, discutent et se masturbent mutuellement, à présent ! Comme ça ils ne risquent pas de choper la nouvelle peste...

Il se tut après cette descente au fond du désespoir.

— Ça vous suffit, comme tuyaux ? demanda-t-il au bout d'un moment en virant vers Nicoletti.

Le vieux policier se secoua comme un rhinocéros pour chasser son émotion.

— Non, dit-il. La protection de Matt Hammer et ton dossier classé, ça s'est fait comment ? Tu l'as arrosé, ou quoi ?

Le Haïtien au diamant haussa les épaules.

— Pas du tout. J'ai fait sa connaissance juste

après avoir appris que j'étais contaminé. Ici même, à la table voisine, tenez. On a flirté. Il voulait qu'on passe ensemble dans l'arrière-salle. Je lui ai dit alors ce que j'avais et ce qu'il risquait. Il m'en a voué une reconnaissance éternelle. Alors, quand j'ai eu mes ennuis à cause de ce que j'avais fait au motel, je l'ai appelé.

Le vieux policier se taisait, soufflé.

— Vous ne me croyez pas ?

— Si, laissa-t-il tomber.

Il fit un signe au garçon. Troisième vodka Eristoff. Il avait vraiment besoin d'un remontant.

— Je ne savais pas, dit-il d'une voix blanche, que Matt était pédé, lui aussi.

CHAPITRE XIII

Réveillée par leur arrivée vers minuit au *Canterbury,* Brigitte Quentin s'était enveloppée dans un kimono à longs entrelacs bleu ciel et, blottie contre Corentin, dans la chambre d'Aimé Brichot, elle regardait avec attendrissement son oncle et parrain qui sautillait de joie autour de ses Samsonite enfin retrouvées.

— La compagnie les a rapportées vers neuf heures ce soir, dit-elle d'une voix encore ensommeillée. Ça se fête, non ? Il doit y avoir du champagne au frais dans le réfrigérateur...

Boris se leva et se dirigea vers le meuble, au fond de la pièce. En se disant que leur enquête à San Francisco commençait à être sérieusement arrosée. Dans tous les sens, si on pensait aussi aux trombes d'eau qui avaient recommencé à se déverser sur la baie.

— Boris, s'exclama Brichot en extrayant d'une des Samsonite une chemisette à cocotiers fluorescents. Tu te souviens ? Notre enquête à Los Angeles (1) ?

— Hélas, fit Corentin entre ses dents.

(1) Voir Brigade Mondaine n° 42, *la Disparue de Sunset Boulevard.*

— Quel dommage, qu'il ne fasse pas aussi beau que là-bas, j'aurais remis mon ensemble.

Intérieurement, Boris bénit les dieux de la météorologie qui, en balançant tous les nuages du Pacifique au-dessus de la baie, lui épargnaient le cauchemar de trimbaler avec lui un Brichot hyper-yankee style Miami années 50 en pantalon vert cru à ceinture tressée, chemisette à motifs tropicaux, blouson jaune à col mauve et casquette US à visière blanche vernie.

Mémé allait en être réduit aux trenchs Old-England et aux costumes sobres, ce qui épargnait à Boris pas mal de grincements de dents secrets.

— Tu sais quoi ? fit Brichot, les oreilles rouges d'excitation. Je pense à quelque chose. Il est une heure du matin. Donc déjà demain à Paris et dix heures du matin. J'ai terriblement envie d'appeler Jeannette. Qu'est-ce que tu en penses ?

— Que ce serait une attention conjugale au-dessus de tout éloge, murmura Boris en retenant le bouchon du champagne qui bondit dans sa paume avec un « pop » discret.

— On trinque et on te laisse à tes devoirs d'homme marié, fit-il. A condition que tu me promettes d'embrasser Jeannette de ma part, ajouta-t-il. Sans oublier de poser un baiser sur la fesse droite à Charlie, héritier du nom.

A l'évocation de son dernier né, les yeux de Brichot s'humectèrent.

— A Charlie, s'exclama Corentin en brandissant son verre.

— A Jeannette, renchérit Brigitte.

— Tu ne la connais pas, fit Brichot dont les Amor glissaient sur l'arête osseuse de son nez.

— Justement, sourit Brigitte. J'ai envie de la connaître et rien ne dit que je ne débarquerai pas à Paris un de ces jours, plus tôt que tu ne le crois.

Elle coula ses yeux d'or du côté de Corentin.

— J'ai idée qu'il va me manquer quelque chose, quand vous ne serez plus là, chuchota-t-elle en le mangeant du regard.

***

Ce qui arrivait à Brigitte commençait à l'intriguer elle-même, furieusement. Elle qui s'était jetée dans la vie tête baissée avec une seule idée, sa liberté à tout prix, elle se sentait envahie par l'irrésistible désir de la perdre, cette liberté, au profit d'un homme aux yeux noirs, aux cheveux noirs, aux épaules d'athlètes et aux mains larges qui n'étaient plus que des caresses quand elles se posaient sur son corps.

— Au fond, c'est notre voyage de noces, fit-elle en s'allongeant à côté de lui, dans la chambre de Boris.

Elle avait jeté son kimono par terre et Corentin suivait des doigts la longue ligne qui partait de ses seins, ondoyait vers le ventre et la taille étroite, ondulait avant de se perdre dans le buisson bouclé et parfumé de son pubis. Un frémissement involontaire secouait Brigitte tandis que la caresse de Boris progressait vers l'intersection de ses cuisses.

— Mon vieux singe, murmura-t-elle, si tu savais comme j'ai souvent rêvé de toi.

— Singe ? interrogea Corentin, interloqué.

Brigitte se souleva sur les coudes, ce qui eut pour effet de creuser son ventre et de faire saillir encore un peu plus son triangle d'or chaud.

— Salaud, émit-elle dans un tendre reproche, tu as oublié ? Je savais que tu aurais oublié. Ordure d'homme à femmes !

L'ordinateur hyper-complexifié et sophistiqué qui avait été placé par les bonnes fées dans le cerveau de Corentin à sa naissance crépitait de toutes ses connexions. Avec une intuition précise : celle de commettre la gaffe ou la goujaterie de sa vie s'il avait vraiment oublié.

— Tu crois que j'ai oublié ? hasarda-t-il bravement.

Pendant ce temps, des fiches perforées symboliques étaient avalées par un ordinateur cérébral qui analysait, comparait et recrachait toutes les informations disponibles.

Jusqu'à la réponse, la bonne.

— Theolonius Monk, fit-il, soulagé. Le pianiste de la *Mamounia,* le dernier soir.

Il fredonna les premières mesures syncopées de *Who is afraid of the big band Monk* (1) ?

— Mon grand singe a évolué, fit-elle en se collant contre lui. C'était notre dernière soirée ensemble, là-bas...

Il eut envie soudain de la prendre. C'était bon de la sentir contre lui, jeune et chaude, l'enveloppant d'un désir sain, après ces heures passées au *Feedback,* dans la moiteur frelatée d'un monde où le plaisir avait maintenant le masque de la mort.

— Boris, fit Brigitte d'une voix un peu tremblante, tu sais, je croyais avoir fait ma vie ici, en Amérique. Et maintenant...

Elle posa sa bouche contre son cou, là où battait régulièrement le sang.

— Et maintenant, chuchota-t-elle, j'ai des idées idiotes. Je n'arrive pas à me dire que tout ça, tout ce qui nous arrive, c'est un post-scriptum à Marrakech, rien de plus.

Il la fixa tendrement.

— Brigitte, tu sais bien que je suis de la race qui fait les mauvais maris.

Il pensa rapidement à Ghislaine en voyage à l'autre bout du monde pour ses affaires. Chislaine à

(1) « Qui a peur du gros singe de l'orchestre ? » Voir BM n° 14, *le Harem de Marrakech.*

qui le liait tant d'émotions, de dangers frôlés ensemble. Tant de jeux et de plaisirs aussi. Et des fâcheries... Et des réconciliations. Est-ce que c'était ça, l'amour, le vrai ? Peut-être bien. A condition de ne pas vivre ensemble. De ne pas partager le pire, l'usure de la vie quotidienne, l'esclavage des couples à la chaîne, les silences qui s'accumulent. Jusqu'au jour où on s'aperçoit qu'on ne sait plus du tout, et depuis longtemps, pourquoi on vit sous le même toit.

— Pardonne-moi, fit-il nettement. Je n'ai pas la vocation pour te rendre malheureuse.

Elle vibra des seins contre lui.

— Du moment que je serais près de toi, dans la même ville, je ne pourrais pas être malheureuse.

Il la serra dans ses bras.

— Brigitte, murmura-t-il, deux divorces, c'est déjà un palmarès correct, à ton âge, non ?

— Pas ici, fit-elle. Je vais baisser les statistiques.

Elle éclata de rire.

— C'est formidable, ce que j'ai pu me tromper, quand j'y pense, avec mes maris. Tous les deux milliardaires, pourtant. Et Américains, bien sûr. J'ai vécu avec le premier à New York. Ça a cassé au bout de six mois. Le second possédait la moitié de Las Vegas et des salles de jeux dans les environs. C'est comme ça que je me suis rapprochée de la Californie. Tu ne devineras jamais pour qui il m'a plaquée...

Elle pouffa.

— Pour un homme, Boris. Quand j'ai appris ça, j'ai hurlé de rire pendant un mois alors que la raison aurait voulu que je pleure.

Elle vira sur le ventre, exhibant ses fesses somptueuses.

— Le salaud ne me paye même pas la pension alimentaire à laquelle il a été condamné, fit-elle, la tête dans les oreillers. Mais au fond, ça m'est égal.

Boris ne disait rien. Il réfléchissait à l'itinéraire de la nièce de Brichot, partie d'un trou de campagne perdu dans le Calvados, fille d'un employé de la SNCF alcoolique, et arrivée à San Francisco après avoir été deux fois milliardaire par l'intermédiaire de ses maris. Et qui maintenant gagnait sa vie en racontant par téléphone aux mâles américains les cochonneries que leurs femmes ne leur diraient jamais.

— Boris ? murmura la voix étouffée de Brigitte.

— Oui ?

— Ça fait cinq minutes que je te présente mes fesses, et cinq minutes que je ne vois rien venir. Si tu as décidé de m'insulter, je préfère que tu me le dises clairement, je rentrerai tout de suite chez moi.

Le poids mâle et tendu qu'elle sentit aussitôt sur elle valait mieux que toutes les réponses verbales. Elle le laissa lui ouvrir les jambes très doucement, le sentant remonter entre ses cuisses. Puis séparer les globes magnifiques de ses fesses, élastiques et chaudes. Elle se mit à haleter, perdue dans sa crinière blonde ébouriffée sur l'oreille. D'un coup de reins, il commença à la pénétrer, à la fois souple et raide.

— Boris, pensa-t-elle, pourquoi on s'est quittés, autrefois, à Marrakech ?

Le feu qui l'envahissait gagna son ventre, puis ses seins. Elle se mit à crier un long et rauque appel de plaisir.

Quand Boris revint du téléphone, il était si blanc que Brigitte eut l'impression paniquée qu'il couvait un infarctus.

— C'était Nicoletti, fit-il lentement.

Elle gigota dans les draps, avec dans le ventre un incendie qui n'était pas décidé à s'éteindre pour une raison pareille.

— Il a des insomnies ou quoi ? grogna-t-elle. Tu lui as dit qu'il était deux heures et demie du matin ? Qu'est-ce qui se passe, il a des informations confidentielles sur la date du prochain tremblement de terre ?

Hagard, Boris regarda sa chambre dévastée par l'amour. Comme s'il ne voyait plus rien.

— Presque ça, laissa-t-il tomber.

Il se demandait s'il n'allait pas vomir.

— Jerry est morte, murmura-t-il. La même mise en scène qu'avec toi. Mais elle, il ne l'a pas ratée.

***

Boris Corentin conduisait sur le Camino Real en se souciant des patrouilles de police et des limitations de vitesse comme de sa première arrestation de fourgueur de came, à Paris, en ces années lointaines où la came n'était encore qu'un fléau réservé à une élite.

Près de lui, Brigitte ne disait rien. Rhabillée à toute allure, elle s'était emmitouflée dans le blouson de Boris. La nuit était parfaitement glaciale et l'asphalte trempé luisait comme un miroir. Elle avait insisté pour venir. Boris n'avait pas eu le cœur de réveiller Brichot qui, après son coup de fil à Jeannette, était parti pour des rêves conjugaux qui avaient l'avantage de lui faire franchir sans aide extérieure les dix mille kilomètres qui le séparaient du Kremlin-Bicêtre.

Les mâchoires bloquées, l'œil fixe, Boris pilotait la Ford Pinto comme une voiture de course. A trois heures du matin, le Camino Real, d'ordinaire tout le temps embouteillé, était désert. Les motels et les restaurants chinois se dressaient au milieu de leurs fontaines lumineuses au néon comme des gaufrettes géantes multicolores. La nuit, les constructions les plus excentriques, en stuc de pacotille, ressortaient avec brutalité. Le style architectural général, c'était Disneyland. En plus pouilleux.

La rage avait remplacé la stupéfaction. L'envie, plus que jamais, de mettre hors d'état de nuire le dingue qu'ils traquaient. Le fauve à l'esprit malade qui avait voulu tuer Brigitte et qui avait massacré Jerry.

D'autres questions, aussi, tournaient dans son esprit. Les mêmes que celles du commissaire Nicoletti.

Celui-ci avait été prévenu en pleine nuit par Matt Hammer du meurtre de Jerry. Matt Hammer lui-même avait été prévenu par Tim Greenglass, le patron du love-by-phone.

Matt Hammer, le flic qui avait sorti Jean-Baptiste Saint-Christophe d'un beau pétrin, connaissait donc Tim Greenglass. Lequel employait Jerry et Brigitte. C'est-à-dire les deux victimes du dingue.

Ça faisait une drôle de ronde où on ne chantait pas des comptines pour les enfants.

Une danse de mort plutôt, scandée par le tambour du *Boléro*.

***

Silencieusement, Boris essaya d'entraîner Brigitte.

— Viens, ne restons pas là.

Sous la lueur sinistre de l'ampoule qui pendait, nue, au plafond, la chambre du motel *Bella Vista* avait quelque chose d'écœurant et d'hallucinant. Jerry Faulkner gisait, le visage étrangement en paix. Mais ses beaux cheveux blonds platinés à la Marilyn avaient soudain perdu leur éclat, étaient devenus ternes, presque gris. La mort avait brutalement défraîchi d'un coup ce qui avait été la plus belle parure de sa beauté. Boris essaya de surmonter l'horreur du spectacle pour noter les traces de bleus et les marques de coups qui constellaient ses épaules, ses seins, son ventre. Nicoletti, qui attendait Boris, avait refusé qu'on retire le récepteur téléphonique cruellement planté entre ses cuisses comme un pal dérisoire.

— Evidemment, aucune empreinte digitale ? questionna Boris à voix basse.

Le flic américain apoplectique fit non de la tête.

— Il ne l'a pas ratée, elle. Barbituriques avalés de force selon toute vraisemblance. En attendant l'examen du médecin-légiste, bien sûr.

Les policiers de l'Identité Judiciaire achevaient leurs investigations. Ça faisait des chuchotis et des froissements d'imperméables partout dans la pièce exiguë.

Brigitte ne bougeait pas. Tétanisée. Regardant Jerry comme si elle se voyait, elle, comme si elle se regardait d'au-delà de la mort dans le sort qui aurait dû être le sien.

— Ce n'est pas possible, grinça Boris entre ses dents. L'espèce humaine est vraiment capable d'abominations.

Il commençait à ressentir un très vague début de nausée. Il se laissa tomber sur une chaise en plastique, à tubulures de métal. Cinq minutes. Il fallait absolument qu'il récupère.

Il hoquetait d'horreur. Ne pouvant détacher son regard de ce ventre ouvert, forcé, cette béance martyrisée. Le téléphone, là, enfoncé. Là où des hommes l'avaient caressée, embrassée, où il l'avaient possédée dans le bonheur et l'emportement, la faisant crier de plaisir.

Silencieusement, il était en train de se jurer qu'il ne quitterait pas les Etats-Unis avant que le dégénéré qui était capable de faire ça à une femme soit mis hors d'état de nuire.

Blême, il se tourna vers Nicoletti, à nouveau.

— Où est Matt Hammer ? questionna-t-il.

L'énorme policier gastronome arraché au sommeil et à la digestion tenait bien le coup dans les grandes occasions.

— Je l'ai envoyé cuisiner le réceptionniste du motel, murmura-t-il. J'avais à vous parler, avant.

Boris remarqua qu'au dehors, sur le bâtiment principal qui donnait sur le Camino Real, le *No Vacancy* au néon était amputé de son *No*. On attendait impatiemment que la chambre soit dégagée pour la relouer. *Business is business.*

Nicoletti se pencha vers Corentin.

— Quand le patron du *Bella Vista* a découvert le corps, par hasard, affirme-t-il, en passant devant la fenêtre de sa chambre, il a d'abord appelé Greenglass. Tim Greenglass. Jusque-là, j'admets. Greenglass, c'est le nom que Jerry a donné comme caution, avec adresse et téléphone, pour louer sa chambre au mois. Mais ce qui m'étonne davantage, c'est que Greenglass ait prévenu, comme par hasard, notre vieil ami Matt Hammer...

— Dont nous parlions justement cette nuit. Je vois que nous sommes sur la même longueur d'ondes.

Il se leva. Fit quelques pas à travers la pièce. Jusqu'au moment où il s'arrêta devant la platine. Dans l'après-midi d'hier, Jerry y avait fait se succéder les disques et les cassettes, pour couvrir avec de la musique le vacarme des bagnoles sur le Camino Real. Ça lui paraissait déjà vieux de plusieurs siècles.

— Ses fameux tangos, pensa-t-il.

Une cassette était encore dans le logement. Il fit jouer le mécanisme d'expulsion.

« Bizarre, monologua-t-il intérieurement. Vous avez dit : bizarre, mon cher Boris ? »

La cassette — la dernière qui avait résonné de toute la puissance des baffles dans la chambre de Jerry — ne portait aucune indication. Etiquette vierge. Déroulée pourtant jusqu'au bout... Le mécanisme du lecteur de cassette s'éteignait automatiquement de lui-même quand la cassette était terminée. D'où l'oubli des policiers américains qui, ne voyant pas l'appareil en état de fonctionner, n'avaient pas remarqué qu'une cassette y était engagée.

Nicoletti lui tournait le dos. En train d'essayer de consoler Brigitte.

« Pas très orthodoxe, ce que je fais », pensa Boris.

Il hésita encore un instant, puis enfouit la cassette dans la poche de son pantalon.

« Après tout, ils ne l'ont pas retenue comme pièce à conviction », se dit-il pour étouffer ses scrupules.

Ça lui faisait drôle de blouser d'autres policiers. Surtout Nicoletti. Pas très chic, quand même.

« Disons que je l'emporte en souvenir. »

La mauvaise conscience ne décollait pas.

« Si je trouve dessus quelque chose qui peut aider l'enquête, je préviendrai Nicoletti. »

Négociation délicate avec ses propres scrupules qui continuaient à lui faire des reproches.

« Bon, se résigna-t-il, je ne vais pas commencer à doubler Nicoletti qui semble décidé à nous aider. »

Il plongeait la main dans sa poche pour en extraire la cassette, quand un rouquin de deux mètres s'encadra dans la porte de la chambre. L'inspecteur Matt Hammer. Pas besoin de présentations. Boris l'avait déjà identifié. Rien qu'à la moustache. Flamboyante et impeccablement taillée. Cheveux court presque en brosse, à la mode d'aujourd'hui, c'est-à-dire à la mode d'il y a vingt ans revenue furieusement à la mode.

Il y eut une brève poignée de main entre Boris et Hammer, sous l'œil attentif de Nicoletti, qui n'arrêtait pas de ne pas en revenir d'avoir découvert la face cachée, si l'on peut dire, d'un policier avec lequel il travaillait depuis des années et qu'il croyait bien connaître. On lui aurait dit qu'Hammer s'était converti au bouddhisme zen, il en aurait été moins surpris. Décidément, San Francisco c'était vraiment Sodome. On n'y vivait pas impunément pendant des années. Du Tennessee, où il avait conduit des tracteurs pendant son adolescence dans le ranch de ses parents, aux bars sulfureux de Castro Street, Matt Hammer avait fait un drôle de chemin.

— Presque rien à tirer du patron du motel ni du réceptionniste, expliqua-t-il à Nicoletti en se détournant de Corentin qu'il avait regardé sans amabilité particulière. D'après eux, ça s'est passé dans l'après-midi, mais le patron n'a découvert le corps que tard dans la soirée.

Il dévisagea le policier français.

— C'est dans l'après-midi aussi que vous êtes venu rendre visite à Jerry Faulkner, hein ?

Boris le regarda fixement du feu noir de ses yeux, sous les sourcils aux courbes parfaites, étirés vers les tempes.

— On était trois, fit-il d'une voix coupante. Brigitte Quentin, l'inspecteur Brichot et moi. Vous attendez quoi pour nous inculper de meurtre ?

Le policier gay le cibla du regard avec de moins en moins de sympathie.

— Vous allez devoir faire une déposition, fit-il d'une voix qui claquait.

Boris enfonça les mains dans ses poches. Les poings plutôt, bien serrés et maîtrisés à la volonté.

— Si vous perdez votre temps avec ça, l'assassin de Jerry, qui a failli être déjà celui de Brigitte, n'est pas près de perdre l'habitude d'enfoncer les téléphones là où il est incapable de se présenter lui-même d'une façon plus... personnelle.

La moustache de Matt Hammer se tordit.

— Que voulez-vous dire ?

Boris haussa les épaules.

— Ça ne vous est pas venu encore à l'idée qu'il

s'agissait de crimes d'impuissant ? Ou vous pensiez qu'entre hommes et femmes ça se faisait toujours comme ça, avec un téléphone ?

Nicoletti se détourna pour ne pas éclater de rire.

— Vous savez, grinça Matt Hammer, votre visa et celui de votre copain, on peut sûrement arriver à en faire des confettis.

— C'est ça qui va accélérer la découverte du coupable.

Matt Hammer parvenait par degrés à un teint de peau équivalent à celui de sa moustache et de ses cheveux en brosse. C'est-à-dire flamboyant.

— Bon, ça suffit comme ça, grogna Nicoletti en gonflant la voix, histoire de montrer qu'il voulait bien s'amuser, mais qu'il tenait quand même à rester l'arbitre. On remet le couvercle sur la marmite, si vous voulez bien, et on baisse le feu.

Il examina Matt Hammer, qu'il avait énormément de mal à imaginer, tout nu, à genoux, avec dans la bouche ou ailleurs la même chose que ce qu'il avait au bas du ventre.

— C'est tout ce que vous avez obtenu des types du motel, en une heure ?

— Non, fit Matt Hammer, en essayant de se maîtriser. Enfin presque... Il y a eu une bagarre, dans l'après-midi, entre le réceptionniste et un bonhomme qui avait stationné sa voiture dans le parking. Ça n'a probablement rien à voir avec l'affaire. Le réceptionniste lui demandait poliment de déplacer sa tire, et l'autre lui a flanqué une raclée, comme ça, sans raison. Avant de déguerpir en le laissant sur le gravier. Même que le dentier du gars du motel a sauté dans la bataille et que l'autre l'a piétiné. Si vous voyiez le réceptionniste ! Il n'est pas joli à regarder.

— Signalement de l'agresseur ? questionna Nicoletti en soufflant.

Sur le Camino Real, un début d'aube commençait à poindre. Un jus de lumière jaune de fin du monde.

— Pas grand-chose. Chauve, semble-t-il. Le réceptionniste n'a pas eu le temps de le voir très bien. Il a été tout de suite dans les vapes. Une sale gueule, il paraît. Le genre antipathique, ce qui n'a rien d'anormal, vu la qualité de leurs rapports.

Il hésitait, ça l'énervait d'avoir à révéler le détail de son enquête devant ce policier français à qui il rêvait de faire retraverser l'Atlantique à la nage. Mais Nicoletti insistait sadiquement.

— Bon, laissa-t-il tomber à regret. Il y a encore un truc curieux. Le réceptionniste se demande s'il n'a pas rêvé. L'autre, dans la Buick, vous savez ce qu'il était en train de faire quand il est arrivé ?

Il tournait ostensiblement le dos à Corentin. Ignorant que chez ce policier français haïssable et beaucoup trop beau, il venait de faire tilt, sans le vouloir.

— Eh bien, continua-t-il, il était allongé sur la banquette avant, et il se... Enfin, vous voyez, quoi...

La main arrondie à hauteur de son bas-ventre, Matt Hammer esquissa rapidement un geste qui, pour n'être pas de la plus exquise distinction, n'en était pas moins plus éloquent qu'un long discours avec périphrases.

— Il se branlait ? s'illumina Nicoletti à qui les mots faisaient moins peur qu'au délicat policier gay de deux mètres de haut qui était sous ses ordres. Drôle d'endroit.

— Buick ? fit Corentin, un sourcil en l'air. Elle n'était pas noire ?

Il s'adressait ostensiblement à Nicoletti. Lequel comprit et joua les intermédiaires.

— Quelle couleur, Matt ?

— Noire, approuva Hammer en lui répondant à lui.

— Noire, transmit Nicoletti à Corentin.

Matt Hammer évita de regarder Corentin. Ce flic français avait deux défauts détestables. Sa beauté était d'autant plus insultante qu'il était visiblement hétéro incurable. Et, d'autre part, sa mère avait oublié de le faire idiot.

***

Boris Corentin regarda la volée de gyrophares bleus des voitures de police et des ambulances se disperser comme une armée de pigeons attaqués au canon sur la place Saint-Marc. Ça fit aussi un extraordinaire concert de décibels. Les sirènes de police américaine ont leur charme très personnel bien connu des amateurs de *thrillers* yankees. Une longue série d'aboiements lancinants régulièrement modulés, qui finit en une séquence de petits cris précipités de chien écrasé.

Nicoletti fit quelques pas sur le gravier du parking du motel. A deux mètres en hauteur, sur la façade donnant sur le Camino Real, c'était de nouveau *No Vacancy*. En néon cramoisi.

— Il a raison, souffla le Chief Inspector.

— Qui ? Hammer ? Bien sûr, je le serais aussi. Hammer était parti à regret, furieux de laisser son chef avec ce policier français. Il avait tout de même rappelé à ce dernier qu'il était, lui, Hammer, chargé de l'enquête, et que cette fois, le crime ne concernait pas une Française.

Tout ça en articulant bien. Une fois en anglais. Et une fois en français approximatif mais tout de même très clair.

— Vous avez sommeil ? questionna Nicoletti qui avait l'air d'encaisser à merveille sa nuit blanche.

Plus loin, sur le Camino Real, entre trois palmiers couverts de pollution de pots d'échappement, une énorme enseigne lumineuse se détachait. Eclairée au néon. Une immense clé de voiture en plein ciel.

Avec l'obsédante inscription *Rent a Car* inscrite dedans.

— L'un dans l'autre, murmura Boris, comme on est dimanche matin et que je me suis levé vendredi dernier vers dix heures et demie, à Paris, pour régler un certain nombre de problèmes avant de prendre l'avion, que j'ai dû dormir quatre heures dans la nuit de vendredi à samedi et pas du tout cette nuit ; comme d'autre part il est six heures du matin, ça fait exactement quarante-huit heures moins quatre sans fermer l'œil. Je ne vois donc aucune raison de ne pas continuer.

Il montra sa Ford Pinto de location au fond de laquelle Brigitte s'était finalement écroulée, broyée par le chagrin et la fatigue.

— L'important c'est qu'elle récupère, elle. Ça lui a fait un coup affreux ce qui est arrivé à Jerry.

— On essaie de se faire offrir un jus par la réception du motel, avant de reprendre la route ? questionna Nicoletti. J'aimerais bien que vous me parliez un petit peu de cette histoire de Buick noire.

***

Une affreuse mélasse marron sombre sans goût et brûlante tournait dans un gobelet en carton. Ce que les Américains appellent un café. Sinon, c'est un *expresso* et on n'en trouve pas partout, loin de là.

Boris montra à Nicoletti le couple qui achevait les formalités. La chambre de Jerry n'était pas restée longtemps vide. L'homme avait exhibé un paquet impressionnant de cartes de crédit. Dinner's Club, Visa, Master Card, American Express. Bleues, jaunes, rouges. La femme qui était à son bras était vêtue d'un manteau de fourrure qui s'arrêtait un peu plus haut que son short ultra-court en cuir rose. Elle avait de longues cuisses constellées de taches de rousseur qui devaient grimper beaucoup plus haut.

Boris se dit fugitivement qu'il aurait volontiers pris la place de l'homme au paquet de cartes de crédit pour aller compter tranquillement les taches de rousseur de la fille.

— S'ils savaient où ils vont s'aimer, soupira-t-il en montrant le couple tituber vers la sortie.

C'était la fin d'une longue nuit, visiblement très arrosée. Ils avaient dû faire tous les bars de nuit du Camino Real avant de se donner le courage de passer à l'action.

— On a l'œil, tout de même, dans la police française, soupira Nicoletti. A peine arrivé, à peine en chasse. La Buick, au fond, était là dès votre débarquement à San Francisco, non ?

— Ce qui veut dire, murmura Corentin, que Brigitte avait été prise en filature, vendredi dernier.

— Le tueur du vendredi, rêva Nicoletti. C'est un type qui doit bosser. Les crimes du week-end... Le défoulement, ici, commence dès le vendredi après-midi. Avec d'autant plus de violence qu'ils se sont contenus toute la semaine. Travailler, bouffer, dormir. Et en plus, avoir l'air bien dans sa peau ! Le cauchemar ! Pas le droit de faire la gueule, surtout en Californie, où tout le monde doit avoir l'air sain, bien dans sa peau, jeune et bronzé à vie...

Il éclata de rire.

— Vous ne savez pas ? En ce moment, j'apprends à me servir d'un ordinateur, oh, pas les gros. Les trucs à traitement de texte. Des espèces de machines à écrire avec écran genre télé. Une idée que j'ai. Je me fais vieux, je vais bientôt me mettre au vert, en retraite, et j'ai envie d'écrire mes mémoires... J'ai donc acheté une série de cours sur cassettes. De temps en temps, la voix s'arrête et me demande :

Are you relax? You should be (1). L'angoisse pure. Pas le droit d'être mal, ici, ça fait bizarre, suspect...

Le réceptionniste était retourné à ses mots croisés. De temps en temps, sa bouche veuve du dentier défoncé faisait des « plitch » et des « pop » imperceptibles. Dehors, l'aube était maintenant bleue et rose. Avec le vent qu'il faisait, on pouvait espérer un dimanche sans pluie.

— Si nous n'étions pas arrivés, reprit Corentin qui songeait à la Buick, il aurait de nouveau attaqué Brigitte, vendredi soir. Et cette fois, il ne l'aurait pas ratée. Je comprends maintenant qu'il ne nous a pas lâchés d'une semelle. Jusqu'à samedi après-midi, ici, quand nous avons quitté Jerry et qu'il nous a succédé.

Il considéra la surface hostile de son café. Il y en avait un plein récipient entretenu comme ça à feu doux pendant toute la journée.

— Nous savons plusieurs choses sur lui, reprit-il. Chauve. Portant perruque à l'occasion. Roulant en Buick noire. Et fumant des cigarettes françaises. Des Gauloises filtre d'exportation... ce qui ne nous oriente pas d'emblée vers l'hypothèse d'un Américain pur jus.

— Se masturbe dans sa voiture, ajouta Nicoletti, goguenard.

Boris hésitait.

— Impuissant ou presque. Du moins, ne parvenant à se sentir un homme que dans des occasions très spéciales.

Il avala une gorgée de café qui avait l'air d'avoir été fait avec l'eau des caniveaux du Camino Real.

— J'allais oublier : mélomane aussi. Vous vous souvenez, chez Brigitte... Eh bien, chez Jerry, j'ai l'impression...

(1) Etes-vous détendu ? Vous devriez l'être.

La main du policier de San Francisco se posa sur son bras.

— Pour la cassette que vous avez raflée, ce n'est pas pour me déplaire, murmura-t-il. L'affaire est confiée à Matt Hammer, et on le double. Mais comme cet idiot n'a pas été capable de mettre la main sur ce qui est probablement *la* pièce à conviction, on ne va pas lui envoyer un télex pour l'informer.

Il baissa la voix.

— Je lui garde un chien de ma chienne pour le dossier Saint-Christophe. Quant à ses relations amicales avec Tim Greenglass, j'aimerais en savoir plus...

— J'allais vous le proposer, fit Corentin. On dépose Brigitte à l'hôtel, on la met au lit et on va chez ce fameux patron du love-by-phone ?

— Vous avez une radiocassette dans votre Pinto ?

— Evidemment.

— Alors on va écouter votre prise de guerre, sur la route.

Boris Corentin était déjà dehors quand le réceptionniste sans dentier fit un signe à Nicoletti. Quelque chose venait de lui revenir et il ne voulait pas que la police garde un mauvais souvenir du motel *Bella Vista*. Evidemment, sans dentier, ça lui était difficile de s'exprimer clairement. Nicoletti avait déjà compris que quelques billets de dix dollars compenseraient ce handicap.

Quand il se laissa tomber dans la Pinto, celle-ci descendit vers le sol de dix bons centimètres.

— On vient de faire un pas de géant, annonça-t-il.

Boris mettait en marche. Derrière, Brigitte récupérait. En dormant. Sur son beau visage, les larmes avaient séché.

— Le réceptionniste s'est brusquement souvenu d'un détail. Un petit badge collé à l'arrière de la

Buick. Avec un « A » inscrit dedans. *A Permits.* Couleur mauve.

— *A Permits ?* répéta Corentin.

— Je vais vous expliquer. C'est un code dans les universités américaines. Pour garer sa voiture sur les parkings du campus, il faut payer un droit annuel. Ensuite, on vous colle un badge sur le pare-chocs arrière. Il y a plusieurs catégories, selon ce que vous pouvez ou voulez payer. Les rouges, c'est pour les étudiants qui logent sur le campus : les *Résident Students.* Les jaune-orange, marqués de la lettre « C », pour le tout-venant, les moins riches. Evidemment, leurs parkings sont les plus éloignés du centre universitaire lui-même. Les mauves, pour les plus riches : les « A ». Notre petit copain assassin avait un « A » sur sa Buick.

— Ça limite nos recherches à tous les étudiants et profs possédant une Buick noire sur le territoire des Etats-Unis. On en a pour plusieurs siècles.

— On peut se limiter pour commencer aux campus de la région de San Francisco, non ? interrogea Nicoletti.

— On en a alors seulement pour plusieurs mois, fit Corentin en bouclant sa ceinture de sécurité. Il songeait au nombre fantastique d'universités concentrées sur la Côte Ouest. De San Francisco à Los Angeles, c'était un campus pratiquement ininterrompu.

Il démarrait lorsque la voix de Brigitte monta de derrière, ensommeillée.

— Boris, où va-t-on ? murmurait-elle. Chez toi ? Elle se rêvait à Paris, avec lui. Les adieux allaient être amers, le jour où ils redécolleraient pour la France, Brichot et lui.

CHAPITRE XIV

De la main droite, Maxence Chenavard saisit sur la table basse en faux rustique californien la télécommande et pressa les boutons l'un après l'autre, faisant défiler les canaux à toute allure.

Immédiatement, Herbert, l'aîné des enfants, se mit à hurler.

— Papa, papa ! Remets les dessins animés !

Il n'avait que onze ans mais il avait déjà une bonne voix. Rosa, neuf ans, éclata en sanglots extrêmement démonstratifs en roulant au milieu de la salle de séjour au milieu des débris du *brunch*. Sa tartine au sirop d'érable dispersée sur le tapis faisait de jolies traînées luisantes et collantes.

Indifférent à la frustration qu'il faisait subir à ses enfants en les privant des *cartoons* dont ils étaient gavés du matin au soir, il continuait à faire défiler les chaînes à toute allure, et recommençait quand il avait terminé le cycle. Pub. Reportages. Débats. Docu-Drames. ABC. NBC. CBS. Concert de rock, interviews, spots. Les Chenavard s'étaient aussi reliés, comme une bonne vingtaine de millions d'autres foyers américains, à la télé par câble. *Home Box Office* et *Scientific Atlantic* offraient vingt-quatre heures sur vingt-quatre, moyennant abonnement, des films non estropiés par la publicité omniprésente sur les autres canaux et diffusés via satellite sur tout le territoire des Etats-Unis. C'était justement l'émission pour enfant du dimanche matin, *Nickelodeon,* sur HBO, dont il venait de les priver.

Il cessa brusquement de tourmenter la télécommande en s'arrêtant sur une chaîne où on diffusait les nouvelles de la région. *San Francisco and Northern Peninsula News.* D'abord une longue séquence sur les catastrophes naturelles qu'était en train de vivre la Californie, avec le déluge qui l'arrosait presque continuellement depuis le début de l'année. Les glissements de terrains commençaient à se multiplier de façon inquiétante. C'étaient des collines entières qui se transformaient brusquement en torrents de boue. Entraînant les villas qui étaient construites dessus. Des images lamentables de maisons de milliardaires réduites à des décombres tout juste bons pour le bulldozer se succédèrent. On interviewait les sinistrés. Le reportage se terminait sur la déclaration d'un représentant de l'Eglise Universelle des Quatre Evangélistes, curieusement habillé d'une robe safranée qui le faisait ressembler à un moine bouddhiste, qui déclarait que le Ciel se vengeait des péchés des Américains, particulièrement ceux de la Côte Ouest, et que ce n'était que le prélude à d'autres catastrophes qui se termineraient bien sûr par l'engloutissement de la moitié de la Californie dans la mer, quand l'écorce terrestre en aurait assez de porter sur son dos tant de vices, de crimes et de lubricité. Haussant la voix, il prophétisa aussi que Reagan ne finirait pas son mandat parce qu'il serait assassiné. Comme tous les présidents américains qui se sont trouvés en fonction, au siècle dernier et à celui-ci, durant les années 20, 40, 60 et 80.

— Tous meurent pendant leur mandat, criait-il. C'est irréfutable, vérifiez vous-mêmes. Cela vient d'une malédiction indienne, après la violation d'un traité de paix. Nous ne sommes qu'au début de nos malheurs. D'autres calamités nous attendent.

Pour arranger le moral des téléspectateurs, le « Monsieur Météo » local vint expliquer, carte du Pacifique à l'appui, avec ses échanges de cyclones et d'anticyclones filmés par satellite, qu'aucune amélioration n'était attendue dans les jours prochains.

Ensuite, on passa à un autre sujet encore plus gai.

— Redwood City. Une jeune femme de vingt-quatre ans, Jerry Faulkner, a été trouvée morte, hier soir, dans sa chambre de motel situé le long du Camino Real.

Le portrait de Jerry s'encadra dans l'écran, cheveux platinés et ondulés. Bouche qui riait, heureuse et sensuelle. Le sosie de Marilyn eut droit à une brève, très brève célébrité en forme d'oraison funèbre. Ce fut, un instant, comme si on annonçait de nouveau, plus de vingt ans après, la mort de la célèbre star.

— Les circonstances atroces dans lesquelles ce meurtre a été commis font penser à la police qu'il s'agit du crime d'un dément.

Chenavard coupa et rendit *Nickelodeon* à Rosa et Herbert qui pataugeaient, quasi épileptiques, dans le sirop d'érable et les débris de tartines.

Leurs cris avaient fini par rameuter Pam.

— Tu ne peux pas les laisser tranquilles, à la fin ? hurla-t-elle en achevant de frotter ses cheveux avec une serviette pour les sécher.

Il la regarda, impassible.

— Tu veux qu'ils deviennent idiots, à rester collés toute la journée de dimanche à ces dessins animés pour crétins ?

Pam haussa les épaules.

— Tu t'occupes de leur avenir, maintenant ? C'est nouveau, ça.

Dans l'échancrure de sa robe de chambre sans couleur définissable, ses longs seins pendaient, flasques et énormes. L'un d'entre eux sortait complètement, avec son aréole distendue et inégale. Elle avait été belle, Pamela, mais il lui semblait que cette beauté s'était envolée depuis plusieurs siècles. Comme la fraîcheur de leur jeunesse et la tendresse de leur amour. Qui avait correspondu avec la dernière période où, au lit, il avait été un homme.

Il trouva d'instinct la phrase qui la mettrait le plus sûrement hors d'elle.

— Je ne veux pas qu'ils deviennent de petits Américains débiles.

Pamela Chenavard, née Smolowe, d'une famille américaine archi-typique c'est-à-dire puritaine, de Pensylvannie, un Etat sévère, plein d'immigrés allemands et de forges, adorait l'Europe et particulièrement la France, mais seulement en tant qu'antiquités touchantes. L'avenir c'était l'Amérique. Surtout la Côte Ouest, le Pacifique et ses rives où, de la Californie au Japon en passant par l'Australie et les îles innombrables de la Mer de Chine, naissait la civilisation de demain, celle de la *high technology* qui renverrait le vieux monde définitivement dans une sorte de musée du passé mort. En bref, ses enfants étaient américains et pas français, malgré leur double nationalité et celle de leur père. Ils étaient loin, leurs rêves d'amants, à Pam et à Maxence, quand ils parlaient de leur progéniture à venir, mélangée franco-américaine, des avantages de la bi-culture, des deux langues qu'on leur apprendrait dès le berceau et des séjours réguliers qu'on ferait à Paris.

Elle le toisa avec mépris.

— Si tu en as assez, ici, tu n'as qu'à retourner chez toi.

Ce n'était pas la première fois qu'elle le lui disait. La bouche de Chenavard se tordit.

— Je ne dis pas que je ne le ferai pas. Bientôt.

Quand il serait « guéri ». Quand il aurait vraiment, réellement, *rebirthé...*

— Bon débarras, cria-t-elle. Seulement, les enfants restent avec moi.

Elle était à mille lieues de ce qui se débattait depuis quelques jours dans l'esprit de son mari, ravagé par un vent de feu.

— Je te les laisse volontiers, cracha-t-il.

Il revoyait sa décision, si lointaine maintenant, de partir pour les Etats-Unis. De faire sa carrière universitaire là-bas. D'y vivre et d'y mourir. Qu'est-ce qui l'aurait retenu en France ? Sa mère et son père étaient morts alors qu'il avait deux ans. Il avait été élevé par deux vieilles tantes célibataires. Juste après son agrégation, quand il avait été invité par un collègue américain à venir donner des cours à Berkeley pour un *Quarter* (1), il avait tout de suite su qu'il mettrait tout en œuvre pour y rester. L'Amérique... La table rase... Repartir à zéro...

Il la regarda. Attentivement. Son anatomie sans jeunesse. Son visage où l'aigreur, peu à peu, avait sculpté des rides... Qui avait-elle comme amant, en ce moment ? Probablement son guru indien, le swami Machinchose qui attirait des foules de paumés en quête de spiritualité sur les collines de Foothills Park où il avait planté son attrape-gogo, un immense moulin à prières gros comme une maison à un étage. De toute façon, elle pouvait bien coucher avec le pape et le dalaï lama, il s'en foutait éperdument.

Il s'arracha à son fauteuil et sortit de la villa. Sans un mot.

Sur Santa Ynez Street, en plein campus, les feuilles vert pâle des eucalyptus distillaient des odeurs puissantes d'après pluie.

(1) Trimestre.

***

Dans le logement ad hoc, la cassette récupérée au nez et à la barbe de Matt Hammer, le policier homo qui avait si bien et si longtemps caché son jeu, tournait, obstinément muette. Vierge.

Boris, lâchant le volant de la Pinto de la main droite, mit le bouton du volume au maximum.

— Je ne comprends rien, murmura-t-il.

— Essayez l'autre face, conseilla Nicoletti.

Rembobinage. Ejection de la cassette. Réintroduction sur l'autre côté. Pression sur la touche lecture.

Et silence, à nouveau.

De magnifiques collines vertes moutonnaient de part et d'autre de l'autoroute. Ils avaient pris la 280 pour revenir à San Francisco. La plus belle. La plus « touristique ». C'est-à-dire la moins *suburbs*.

— Qu'est-ce que c'est que ce gag ? grogna Nicoletti. Une bande sans inscription, sans rien, et complètement vierge...

Boris fit jouer une fois de plus la touche *eject*. Retourna à nouveau la cassette. Et pressa le bouton « avance rapide ». Il s'arrêta. Toujours rien. L'avance rapide une seconde fois. Et second arrêt. Et musique.

— On a gagné le jackpot, murmura Corentin. Le *Boléro !* Ravel !

Le crescendo sublime.

— Ce qui nous échappe encore, fit Boris, c'est le pourquoi de ces dix minutes de silence complet avant la musique.

Nicoletti, qui ne fumait plus depuis dix ans, prit sur le tableau de bord une Gallia dans le paquet de Corentin. Euphorique.

— En tout cas, souffla-t-il, Matt Hammer l'a dans le...

— J'allais le dire, sourit Corentin. Mais, dans son cas, est-ce si surprenant ?

***

Sous un grand lustre en cristal, entre deux aquariums où de minuscules poissons exotiques croisaient comme autant de confettis multicolores, il y avait un Aimé Brichot piaffant et furieux. Habillé de pied en cape. Chemise bleu pâle, pantalon et veste bleu foncé. Mocassins bruns. Des acquisitions qui n'étaient plus toutes récentes, mais entretenues avec amour par Jeannette et trouvées impeccablement pliées dans une des deux Samsonite qui avaient mariné à New York avant de le rejoindre enfin.

— Vous avez décidé de jouer en solo ? fit-il sur un ton hyper-vexé.

Boris avait traversé le hall de l'hôtel *Canterbury*, portant Brigitte, toujours endormie, dans ses bras. La filleule de Brichot s'accrochait au cou de Corentin comme si, dans un rêve qui était peut-être un cauchemar, il n'y avait plus que lui pour la sauver de la noyade.

— Qu'est-ce qui s'est passé ? interrogea-t-il, son sixième sens lui soufflant qu'il y avait sûrement mieux à faire que de chanter le grand air des reproches.

— Je t'expliquerai en voiture, fit Corentin. Je mets Brigitte au lit, je lui laisse un petit mot pour quand elle se réveillera et je redescends.

— Où va-t-on ?

— Chez le patron de ta nièce, Mémé. Tim Greenglass.

Devant la porte de l'ascenseur, il se retourna.

— Accroche-toi, Mémé. Si tu veux des nouvelles de l'actualité tu vas en avoir. Et pas roses.

CHAPITRE XV

Jean-Baptiste Saint-Christophe s'avança, nu comme un ver, à la rencontre de la grande glace qui, sur trois côtés, entourait son lit.

« Quelle horreur », pensa-t-il en se regardant fixement.

A part la perte de poids, aucune trace. Personne ne pourrait deviner...

Ses mains tremblèrent. Tous les matins il se réveillait en se disant qu'il avait fait un cauchemar. Ça avait la couleur du cauchemar, ça avait le goût du cauchemar, mais ça n'était pas un cauchemar.

— Personne ne devinerait, acheva-t-il dans un sanglot, que je vais bientôt pourrir dans la terre quand eux ils continueront à marcher dehors, au soleil.

Il s'étudia des pieds à la tête. Son visage très clair, au profil presque grec à part les narines un peu négroïdes, dénotait énormément de Blancs dans son ascendance. Sa taille souple et fine. Ses fesses musclées. Son sexe extraordinairement long et musculeux, même au repos, sur lequel s'étaient refermées tant de bouches masculines, qui avait forcé tant de reins d'hommes consentants... Il avait un succès fou dans le milieu gay. Les Blancs adoraient se donner à lui parce qu'ils le considéraient comme un Noir. Et les Noirs s'offraient à lui comme à un Blanc. Gagnant sur les deux tableaux.

Il se prit à pleines mains, se caressant lentement.

« Aux vers, tout ça, bientôt, pensa-t-il. Aux asticots ! A la terre ! »

Il n'arrivait pas à se détacher du miroir qui avait reflété un nombre assez considérable d'étreintes.

Son boulot à la School of Engineering de San Carranza était idéal pour ce qu'il avait recherché pendant des années. A savoir : le maximum de plaisir. Il avait ses après-midi libres. Il fonçait dans sa voiture à San Francisco et traînait dans les bars, les clubs de gymnastique gays, les bains. Une quinzaine de partenaires par jour... Un score tout ce qu'il y a de plus banal, aujourd'hui, aux Etats-Unis surtout, chez les homosexuels. Enfin, jusqu'à ce que la « colère de Dieu » s'abatte sur leur communauté. Les relations hétéros sont bien plus compliquées que les relations homos. L'homme et la femme ne cherchent jamais complètement la même chose. D'où la lenteur. Et finalement la rareté des aventures par rapport à celles du monde gay. Le plus fantastique tombeur de femmes a un palmarès minable à côté de celui du plus minable des homos... Quelques instants de plaisir et salut ! Saint-Christophe, le jour où son médecin lui avait annoncé la vérité, avait fait un décompte approximatif de ses amants, depuis dix ans qu'il avait ce qu'on appelle une vie sexuelle véritable. A peu près six mille neuf cents partenaires ! Il revit ses fréquentations presque quotidiennes des saunas homos de la baie. On passe et on repasse, entièrement dénudé. On fait un signe à un inconnu qu'on croise, on s'allonge avec lui sur un lit de salle de repos. D'autres arrivent. En une heure, on a eu une dizaine d'aventures, totalement anonymes.

Il alla vers la fenêtre et souleva un rideau. La petite maison de trois pièces qu'il louait sur le campus était au sommet d'une colline pelousée d'où on apercevait le golf de l'Université de San Carranza, la lagune entre les palmiers, le stade, les tennis, les piscines. Le long d'une haie de rhododendrons, très loin, en bas, de minuscules joggers passaient, en survêtements rouges, bleus, jaunes. Tout cela, bientôt, n'existerait plus pour lui.

Il revint vers le lit. La télé était restée allumée. Ce qu'il venait d'y voir, il avait décidé de l'écarter de son esprit quelques minutes avant d'y revenir, et d'y réfléchir vraiment à fond. En scientifique méthodique, il avait l'habitude de décomposer les problèmes pour mieux les résoudre.

Un flash d'informations venait d'annoncer la mort d'une fille, dans un motel du Camino Real, à quelques miles du campus.

Le visage de la fille s'était encadré dans l'écran. Il avait reconnu la fille du love-by-phone dont, une nuit, il avait forcé la porte, et qu'il avait contrainte à l'écouter jusqu'à l'aube. Sans qu'il parvienne à sortir vraiment la vérité. L'abominable échéance de sa mort.

Jerry Faulkner.

Tuée dans des circonstances où avait failli l'être, il y avait plus de huit jours, une autre fille qu'il ne connaissait pas mais dont les deux policiers, l'énorme Américain et le Français, si beau, aux si profonds yeux noirs, lui avaient parlé. Le soupçonnant injustement.

Jerry était déjà probablement morte quand, hier soir, au *Feedback*, Nicoletti et Corentin l'interrogeaient.

Avec pas mal de périphrases, le speaker en avait dit assez pour qu'il devine que le tueur du motel *Bella Vista* et celui qui avait failli tuer la Française à San Francisco, étaient le même homme.

A vrai dire, il n'y avait même pas de problème.

Ou le problème était simple. Simple comme l'horreur.

Ce tueur, ce maniaque, il était à peu près sûr de le connaître.

***

Dans l'extraordinaire lumière de cristal qui baignait la péninsule de San Francisco depuis que le vent déchaîné en avait chassé les nuages, la Ford Pinto bleue montant lentement à l'assaut de la colline avait l'air dessinée avec une précision d'encre de Chine.

— Pas mal, ton nid d'aigle, murmura Matt Hammer en regardant par la fenêtre.

La Ford Pinto progressait par les tours et les détours du chemin de cailloux qui serpentait le long d'une des collines qui dominent le village de Tiburon, une minuscule langue de terre qui fait face à San Francisco, au Golden Gate, à la grande île d'Angel Island et à la minuscule île-fantôme d'Alcatraz.

— Vue imprenable, acquiesça Tim Greenglass. Ça permet de voir venir.

Appuyé des deux mains contre un coffre Renaissance à sculptures en pointes de diamant, il avait le nez presque contre la fenêtre dont il se rapprochait dangereusement à chaque secousse.

— On devrait peut-être se rhabiller ? fit-il. On a de la visite...

Tous deux avaient leur pantalon à terre, et les fesses de Tim, noires d'un poil dru et bouclé, tressautaient à chaque coup de boutoir que lui communiquaient les assauts de Matt Hammer. Son ventre musclé couvert d'une toison rousse flamboyante cognait sans ménagements le postérieur du patron du love-by-phone.

— Ce Français commence à m'emmerder sérieusement, grogna Matt Hammer en essayant d'un coup de reins de s'enfoncer plus profondément.

Courbé en avant, Greenglass ne perdait pas la Pinto des yeux. Elle grandissait petit à petit en approchant.

— Il n'est pas seul. Je crois que ton patron est avec lui.

La poussée de Matt Hammer au plus intime de lui-même le fit grogner de plaisir. Il souleva une main et la glissa sous son propre ventre, s'empoignant et se secouant convulsivement.

— Tu n'as pas peur qu'il te reproche d'être en train de m'en... De me faire ça pendant tes heures de travail ? précisa Greenglass.

L'Américain roux réfléchit un instant. Puis, chassant la main de Tim, il le saisit brutalement par le sexe, tandis qu'il recommençait à le forcer avec une avidité redoublée.

— On a le temps de finir, grommela-t-il d'une voix haletante.

CHAPITRE XVI

L'inspecteur Aimé Brichot, policier français de la Brigade Mondaine, section des Affaires Recommandées, s'accorda un instant de contemplation extasiée en se disant que c'était encore un endroit où il faudrait qu'il revienne avec Jeannette plus tard quand les enfants seraient grands, qu'il serait à la retraite et qu'ils se paieraient des voyages de noces et de tendres retours de flamme.

Trois ou quatre daims à la peau tachetée s'étaient enfuis comme des flèches à l'approche de la Pinto. Du sommet de la crête de la colline, ils les regardaient de leurs immenses yeux de Bambis.

C'était vraiment un panorama sublime, qu'on découvrait des collines de Tiburon. D'abord des pentes herbues couchées par le vent où jouaient des enfants courant après des cerfs-volants. Ensuite, en contrebas, la jetée multicolore du village, son quai des pêcheurs répétant en miniature celui de San Francisco, avec ses yachts ultra-élégants alignés sur le port. Puis l'œil glissait sur le miroitement de la baie, embrassait toute la structure du Golden Gate sur la droite. Celle du Bay Bridge presque couché sur les flots et reliant San Francisco à Berkeley. Enfin, on recevait de face San Francisco, ses gratte-ciel derrière les petites maisons cavalcadant d'une colline à l'autre. La Coit Tower, l'Embarcadero

Carter, les docks, les yachts de la marina, les rues à pic montant au ciel, les façades tarabiscotées de Telegraph Hill. On apercevait même, avec de bons yeux, l'arc doré immense et incroyablement chinois, surmonté d'un dragon, qui signalait l'entrée de Chinatown, sur Bush Street. Il ne manquait que les tramways, les célèbres *cable cars* sans lesquels San Francisco n'est plus tout à fait ce qu'elle est et dont les cloches, depuis un siècle, ont fini par faire partie intégrante de la vie de la ville. Mis hors de service pour quelques années, ils sont en effet actuellement en réparation. Mais ils vont bientôt reparaître, flambant neufs et modernisés.

Brichot siffla d'admiration.

— Ça rapporte, l'amour au bout du fil, la partouze par téléphone !

A vingt minutes de San Francisco par le Golden Gate et la 101, Tiburon était, comme Sausalito, un des endroits où il était le plus « in » d'avoir sa maison. Comble du chic, Timothy Greenglass avait fait construire sur les collines. Une longue et étrange villa archi-moderne tout en bois clair et en verre, avec des toits en pente et des façades hérissées de bow-windows cubiques. De l'intérieur, les vues panoramiques devaient être inouïes, les couchers de soleil admirables et les nuits féeriques à regarder s'allumer la pyramide Transamerica, ou les dix pistes superposées du Bay Bridge, un ensemble de poutrelles métalliques long de treize kilomètres qui semble jeté au-dessus de l'eau comme un agrandissement de ces minuscules ponts de bois au-dessus des torrents d'Extrême-Orient.

Corentin observa son coéquipier.

— Arrête d'admirer, sourit-il. On va interroger, maintenant.

Nicoletti l'avait poussé du coude, en arrivant, pour lui faire remarquer la grosse Studebaker bleu foncé garée devant l'entrée de la villa. La voiture de Matt Hammer.

— On va faire d'une pierre deux coups, souffla-t-il. J'ai l'impression que mon cher ami Matt Hammer est justement en train de joindre l'utile à l'agréable.

Ils poussèrent la petite barrière de bois peinte en blanc et s'engagèrent dans une allée bordée de sapins qui n'avaient pas encore eu le temps de pousser.

— Messieurs, je vous en prie...

Thimothy Greenglass avait eu le temps de se reculotter, mais un petit bout de sa Lacoste à rayures pastel dépassant au-dessus de la ceinture du pantalon n'échappa pas à Corentin, qui essaya de s'interdire d'en tirer des conclusions hâtives.

Le salon dans lequel les introduisit le patron du love-by-phone, qui pouvait apercevoir ses bureaux, à quinze kilomètres à vol d'oiseau, de l'autre côté de la haie, dans Embarcadero Center, était meublé en Renaissance et Compagnie des Indes. Un grand paravent en cuir de Cordoue coupait un des angles de la pièce.

Matt Hammer jaillit de son fauteuil, dont les accoudoirs étaient sculptés de fruits et de feuilles. Jouant les surpris.

— Quelque chose qui ne va pas, Patron ? J'avais justement l'intention de vous appeler.

Il exhiba et rentra vite fait dans son blouson un petit carnet.

— J'étais en train d'interroger monsieur Greenglass.

— Continuez, alors, coupa Nicoletti, glacial.

— C'était presque fini.

— Le patron d'une entreprise où les employés tombent comme des mouches doit avoir des trucs à raconter, non ? grogna Nicoletti, teigneux.

Tim Greenglass était un peu moins gros que lui,

mais il promettait. A dix contre un, Boris Corentin paria intérieurement que la moustache noire cachait un bec-de-lièvre. Quelque chose dans la voix. Une sonorité vaguement métallique. Une difficulté à arriver à bout de certaines syllabes.

— Je voudrais bien vous aider, fit-il d'une voix qui avait l'air sincère.

Nicoletti se laissa tomber dans un rocking-chair avec d'autant plus de satisfaction qu'on avait oublié de l'inviter à s'asseoir. D'où il était, la baie vous sautait au visage dans la lumière translucide du matin, à la fraîcheur de sorbet au citron. C'était un feu d'artifice de scintillations. Les bow-windows s'avançaient dans le vide comme des étraves de bateaux. Les immeubles de l'Embarcadero Center, de l'autre côté de l'eau, renvoyaient des éclats de soleil multiples. Les deux portes rouges du Golden Gate s'enlevaient dans le ciel, démesurées. On aurait dit qu'elles avaient été construites pour accueillir l'entrée dans la ville d'un géant de mythologie.

— Bon, murmura Nicoletti qui commençait tout doucement à accuser le coup de la fatigue de la nuit, on reprend tout par le commencement.

Il se tourna vers Matt Hammer.

— Je ne suis pas plus curieux qu'un autre, mais j'aimerais bien savoir ce qui ressort de votre entretien avec M. Greenglass.

Des pensées sans sympathie pour Corentin et Brichot se bousculaient dans la tête d'Hammer.

— Je ne veux pas me mêler de vos relations amicales, reprit Nicoletti, mais après avoir rouvert un dossier, celui de Jean-Baptiste Saint-Christophe pour ne pas le nommer, vous comprendrez que je m'intéresse à vos fréquentations.

Matt Hammer commençait à s'étrangler doucement. La honte, devant ces policiers français. Surtout le grand brun aux yeux noirs.

Ce fut Tim Greenglass qui le devança.

— Pas la peine de vous creuser, fit-il à Nicoletti avec sa drôle de voix de bec-de-lièvre. On va tout vous raconter.

Il vira vers Matt Hammer.

— Si, fit-il en regardant le géant roux dont il ressentait encore les assauts dans un endroit très intime de sa personne. C'est mieux, de tout dire. Tu ne veux tout de même pas que je me laisse accuser de meurtre, non ?

***

Brassant l'air chargé d'une odeur de vieux papier un peu moisi, les moteurs des appareils de climatisation tournaient dans un étrange silence lourd, avec un bourdonnement presque assourdissant. Le sous-sol de la bibliothèque de San Carranza, la William S. Pivarsky Library, du nom de son généreux fondateur, un ancien élève de San Carranza dont les parents étaient arrivés en haillons de leur Pologne natale en 1860, était presque complètement désert. Ouverte toute la semaine, de neuf heures du matin à minuit, la bibliothèque de l'université ne se remplissait généralement qu'à l'approche des examens, ce qui n'était pas encore le cas. Le Lower Level surtout, le sous-sol où étaient entreposées des collections de revues du siècle dernier, ne voyait passer en moyenne chaque jour qu'une dizaine d'étudiants ou de professeurs. Entre les étagères chargées de livres qui s'alignaient à perte de vue dans la pénombre, il y avait des petites tables individuelles, séparées les unes des autres par des cloisons formant boxes. C'est là que venait se réfugier Maxence Chenavard tous les dimanches quand il n'en pouvait plus de l'ambiance, à la maison. Quelques livres pris au hasard et ouverts devant lui, sur sa table, un cahier sous les yeux, il s'abandonnait alors de plus en plus souvent aux visions d'enfer qui se succédaient dans son cerveau soumis à une surcharge folle d'obsessions, comme un compteur près de disjoncter.

Ça faisait deux heures qu'il était là, immobile, les neurones fusillés à bout portant par des images-laser intérieures qui le ravageaient, lorsque tout avait commencé.

De son box, où il était invisible, il n'avait d'abord perçu qu'un faible froissement, comme des chuchotements imperceptibles, des frôlements. Tout près de lui, du côté des étagères métalliques les plus proches formant des dédales d'allées compliquées à l'infini.

Puis il distingua des voix. Entrecoupées de vagues bruits de lutte étouffés.

Des protestations féminines plus aiguës se détachaient.

— Non, pas ici, vous êtes fous. S'il vient quelqu'un !

Les réponses sourdes des hommes étaient indistinctes. Deux ou trois mâles, dont le débit précipité, fiévreux, disait assez ce qu'ils étaient en train d'essayer d'obtenir.

— Pas ici, suppliait la fille. N'importe où mais pas ici.

C'était ici justement qu'ils voulaient. Et pas ailleurs, ça se devinait sans peine. Ici, dans ce temple de travail. Au cœur du symbole le plus massif du sérieux universitaire le plus laborieux. L'autel de la science. L'une des plus grosses concentrations de gros cerveaux de la Côte Ouest. Quatre étages en surface, et un étage en dessous, d'alignements de livres à en donner le vertige. La bibliothèque d'Alexandrie ! Le paradis de ces mangeurs de papier à lunettes que sont les intellectuels, que l'on n'appelle pas sans raison des rats de bibliothèque. Au milieu de ces ouvrages doctes et savants, à l'infini. Une profanation. Un vrai petit crime secret dont ils avaient dû dorloter le fantasme pendant des jours et des nuits, des mois peut-être, avant de trouver la proie féminine avec laquelle ils parviendraient enfin à l'assouvir.

— Arrêtez, il ne faut pas, répétait la fille d'une voix qui commençait à chavirer imperceptiblement.

Sa conviction du début faiblissait très nettement. Les deux hommes parlementaient avec un peu moins de précipitation. Ils devaient commencer à sentir que c'était presque gagné.

— Dépêchez-vous alors, laissa-t-elle enfin tomber.

Il y eut un peu de remue-ménage. Les bouches qui ventilaient la climatisation faisaient un bruit de ruches.

— Ça va, dit-elle, pas la peine de me coincer, je ne vais pas changer d'avis. Lâchez-moi, que j'aie au moins l'impression de faire ça de mon plein gré.

Dans la torpeur du sous-sol dédaléen, dans l'odeur de poussière aigre si particulière aux bibliothèques où les livres moisissent et jaunissent doucement au fil des années, Maxence Chenavard eut soudain très chaud. Des plaques cramoisies apparurent au sommet nu et lisse de son crâne que les derniers amoureux de mots rares et sophistiqués auraient pu qualifier de piriforme, c'est-à-dire en forme de poire. Doucement, très lentement, sans bruit, il recula sa chaise et se redressa.

— Vous avez apporté de la coke, au moins ? questionna la fille précipitamment. Si vous vous imaginez que vous allez me sauter sans que je me sois fait ma ligne ! Frankie, tu as de la coke ?

Le crâne allongé de Maxence Chenavard, professeur titulaire d'une chaire au département *Humanities* de l'University of San Carranza, dépassa du panneau de bois formant box qui le rendait invisible quelques instants avant que ses yeux ne parviennent à la limite du box. A voir les gestes furtifs de la fille qui alignait un peu de poudre blanche sur le dos de sa main, puis reniflait profondément, Frankie avait pensé à tout.

L'allée obscure, large de cinquante centimètres à peine, était bordée de deux séries d'étagères où s'alignaient des volumes reliés et numérotés, portant en lettres dorées le nom de l'université, ainsi que son symbole, un lion et un palmier. Autour, la devise de San Carranza, inexplicablement en allemand et répétée un peu partout sur les bâtiments du campus : *Die luft der Freiheit weht* (1).

Attentif à ne pas signaler sa présence, Chenavard dévorait des yeux le groupe, là-bas, dans le silence fantomatique du sous-sol.

La fille avait de longs cheveux noirs tombant sur les épaules. Elle était grasse et fine en même temps. Grasse de poitrine, des fesses et des cuisses. Fine partout ailleurs, la taille, les épaules, les jambes qu'elle avait longues et musclées. Presque fragile en quelque sorte. D'une fragilité accentuée par sa croupe magnifique, et ses énormes seins disproportionnés, gonflés d'hormones, qu'on semblait avoir prélevés sur une femme dix fois plus grosse qu'elle et greffés sur l'adolescente qu'elle était presque. Elle ne devait pas avoir plus de dix-sept ans.

— Bon, fit-elle, les yeux étincelants de la « neige » qu'elle venait de respirer. On commence par qui ?

Les deux étudiants mâles se regardèrent. Frankie était un *Chicano,* un Mexicain râblé, chevelure brune bouclée et abondante. L'autre, un Noir très jeune, long et musclé. A l'accent, ce n'était pas un Noir américain. Directement venu d'Afrique. Soudan ? Ouganda ? Kenya ? Il était beau et élancé comme un Nubien, ces Noirs qui conquirent

(1) Les vents de la liberté soufflent.

l'Egypte quatre siècles avant notre ère et y fondèrent une dynastie de pharaons.

Des trois, seule la longue fille brune était yankee pur-sang.

— Attends. On est copains, Flip et moi, dit Frankie. Pourquoi on ferait pas ça ensemble, hein ?

Flip, c'était le Noir. Un diminutif de n'importe quel prénom.

Les doigts de l'étudiante se bloquèrent sur son tee-shirt rouge qu'elle était en train d'enlever, un sein déjà à l'air avec son mamelon magnifique, monumental, avec son aréole brune orangée et la pointe rouge au milieu, longue et dure comme un crayon.

— Ça va pas ? fit-elle. Vous êtes malades !

Leurs petits sacs à dos, kaki comme presque tous ceux des étudiants du campus, étaient par terre, sur le lino vert du sol. Elle tortillait son tee-shirt froissé, indignée. Sur le côté face, on pouvait lire « San Carranza University ». Sur le côté pile, elle avait écrit au crayon feutre : *kill your boy-friend* (1) et en dessous : « Vive Elvis Costello ».

— T'as encore des préjugés bourgeois ? fit Frankie, suffoqué par une attitude aussi réactionnaire.

L'accusation suprême. L'adolescente hésitait. Frankie en profita pour s'emparer de ses lèvres qu'il ouvrit rapidement, glissant sa langue à laquelle celle de la fille s'enroula.

Le Noir était passé par-derrière. Quand on a la bouche occupée par une langue qui y fait des allées et venues en provoquant des ondes de chaleur jusqu'au creux de votre ventre, c'est compliqué de protester. Les mains de Flip purent donc opérer en toute tranquillité. D'abord la ceinture tressée, puis le jean dont il fit sauter les boutons. La fille ne voulait plus rien savoir de ce qui se passait par en

(1) Tuez votre fiancé !

bas. Elle ferma les yeux, passa les bras autour du cou de Frankie et, d'instinct, ondula des hanches et creusa le ventre, pour laisser l'étudiant noir descendre le zip de son pantalon. Le Noir le fit très lentement sans cesser de caresser le ventre de la fille et en abaissant en même temps son slip blanc. Sa longue main noire découvrait peu à peu les poils de la toison drue et sombre où elle s'enfouissait, épousant la courbe du pubis en cherchant du bout des doigts aux ongles roses le minuscule bouton blotti dans sa fourrure humide.

Collé à la cloison, immobile, retenant son souffle, Chenavard luttait contre l'envie folle de se ruer en avant, de bousculer les deux étudiants et de se jeter sur la fille. Convulsivement, il se chercha, sous son pantalon, et comprit que l'attaque serait inutile. Au bas de son ventre, il n'y avait rien. Rien que du mou, du flasque. Du dérisoire. De l'inutile.

Pour que le « miracle » s'accomplisse, il manquait énormément de choses.

Hagard, il ne parvenait tout de même pas à s'arracher au spectacle. Une scène à en faire se retourner dans sa tombe le milliardaire puritain d'Albany qui, après avoir fait fortune dans la construction du chemin de fer de la Central Pacific, acheta à la fin du siècle dernier des centaines d'hectares pour y faire construire ce qui allait devenir l'une des plus célèbres universités de tous les Etats-Unis.

La fille brune était presque nue, maintenant. Elle se dégageait de son jean, tirebouchonné à ses chevilles. Son tee-shirt était resté roulé sous son menton.

Brusquement, elle se détacha de Frankie et, prenant appui sur les bibliothèques, s'éleva à quarante centimères du sol, jambes ouvertes à 90°, pieds posés sur deux étagères qui se faisaient face. Ecartelée tranquillement au milieu d'une allée. Au passage, elle renversa pas mal de livres qui tombèrent de l'autre côté avec des bruits de vieux papier qui plie et se casse.

— Léchez-moi, commanda-t-elle, les circuits nerveux sérieusement cognés par la cocaïne.

Tête renversée, yeux révulsés, elle offrait son entrejambe ouvert où le buisson de sa toison noire frisottait jusqu'aux lèvres roses et tendues. Elle était étonnamment poilue, une fourrure riche et épaisse qui remontait haut entre ses fesses, voilant de son ombre trouble le mystère de ses reins.

La tête de Frankie et celle de Flip se rencontraient presque, à l'intersection de ses cuisses, bouches perdues dans la broussaille odorante où leurs salives se mêlaient à l'humidité de la fille. Le Noir s'était enfoui dans le profond sillon de sa croupe dans laquelle il cognait de la tête comme s'il avait voulu y disparaître tout entier.

Oubliant complètement où elle était, elle se mit à pousser de petits cris aigus qui finissaient en roucoulement. Chenavard avait l'impression que ses yeux allaient tomber par terre. Le ventre de l'étudiante se creusait et se gonflait alternativement comme une vague dans l'orage. Son nombril rentrait et sortait, ondulant comme dans une étrange danse lascive.

Couverte de chair de poule, elle se dégagea, sauta à terre et, saisissant Frankie par le cou, le fit tomber à la renverse sur le sol sans lâcher son étreinte. Elle était maintenant sur lui, ses fesses volumineuses arrondissant leurs hémisphères blancs au-dessus du membre du Mexicain qui paraissait à Chenavard parfaitement surhumain de volume et de rigidité.

Elle eut un mouvement de croupe qui la suréleva un instant, le temps de passer la main entre leurs deux ventres pour y saisir de ses doigts arrondis l'« argument » viril du *Chicano* qu'elle caressa furtivement en faisant glisser la peau le long de la tête rouge et massive qui battait d'un afflux de sang irrésistible. Puis, le maintenant pointé dans la bonne direction, elle s'abaissa lentement et se vissa à lui, comme un ajustement parfait de pièces faites pour s'emboîter.

Elle commençait à aller et venir sur lui avec de grands soupirs qui secouaient ses seins dans un mouvement bercé, élastique, lorsque le Noir surnommé Flip exhiba quelque chose qui battait Frankie à plate couture, côté volume. Un véritable pieu, une lance de chair démesurée couleur chocolat et luisante de sueur.

A genoux, il s'installa derrière l'étudiante. Posément, il la saisit par les fesses de manière à les écarter le plus qu'il pouvait. Instinctivement, la Blanche creusa le dos pour présenter le puits froncé de ses reins avec une obscénité totale et tranquille. Elle eut un feulement quand la masse du Noir commença à palpiter à son entrée la plus intime. Elle s'arrêta un instant d'aller et venir sur le Mexicain. Le Noir poussa, millimètre par millimètre. Une main sur la nuque de la fille, il lui fit baisser la tête, jusqu'à ce qu'elle soit couchée, joue contre joue, sur le Mexicain, prosternée et docile. Celui-ci voyant son compagnon hésiter, saisit à son tour les fesses de l'étudiante et les écarta encore un peu plus, distendant le passage, la livrant totalement, sans résistance possible, à l'épieu qui l'empalait.

Elle eut une sorte de rire rauque monté du fond de son ventre. Les deux hommes qui l'emplissaient se remirent en mouvement, parfaitement accordés. Elle se laissait secouer sans résistance, bouche ouverte. Elle n'était plus qu'un corps possédé, abandonné, comblé.

Les mâchoires de Chenavard étaient bloquées comme par une contraction tétanique. Il s'aperçut brusquement qu'il se mordait la lèvre et qu'il saignait.

CHAPITRE XVII

— Voilà, vous savez toute la vérité, maintenant, messieurs.

Tim Greenglass s'était appuyé contre la porte tarabiscotée d'une grosse armoire d'acajou.

— Ça ne nous avance pas pour Jerry, grogna Nicoletti au bout d'un moment.

D'autant plus furieux qu'à la franchise de la confession de Greenglass, il ne pouvait plus douter de son innocence.

Boris Corentin se leva et marcha vers une des bow-windows. Le cinérama de la baie se déployait. En technicolor. Avec le bruit de vent sifflant de colline en colline comme des effets spéciaux de Dolby stéréo. Sur les eaux moutonnantes de vagues blanches, une dizaine de voiliers tournaient autour de l'îlot d'Alcatraz. Un long paquebot approchait du port. Un autre traçait sa route d'écume vers les quais d'Oakland. Un bac poussif allait à une vitesse d'escargot vers Angel Island. Quel extraordinaire théâtre ! Silencieux. Fantôme. D'en haut, du sommet des collines de Tiburon où galopaient des daims dans les herbes sèches et jaunes, les bruits de la baie ne montaient pas. Toute cette agitation se déroulait sans bruit.

— On perd notre temps, grogna à voix basse Brichot qui avait rejoint Corentin.

Dans l'azur, un Boeing 747 amorçait sa descente

vers l'aéroport, à vingt-cinq kilomètres au sud de la ville.

— A part que Nicoletti règle ses comptes avec Matt Hammer, on n'a pas fait un pas de plus, renchérit Boris.

Les aveux de Tim Greenglass ne concernaient nullement l'affaire. A vrai dire, le patron du love-by-phone d'Embarcadero Center avait mis une heure à détailler la vérité de ses rapports avec le flic gay à la moustache rousse. Une longue histoire embrouillée de gros sous — enfin, de dollars — où personne n'était réellement coupable, en fin de compte.

Tim Greenglass, à trente-cinq ans, était comme on dit à l'aise dans la vie. Pas seulement sa maison, ses meubles précieux, ses bureaux à San Francisco et ses trois voitures. Il avait aussi comme signe extérieur de richesse un cabin-cruiser, un yacht de vingt-trois mètres qui se balançait mollement dans un des bassins de Sausalito. Le signe le plus éclatant de sa réussite, qu'il ne songeait nullement à cacher, puisqu'aux Etats-Unis on n'a pas encore pris l'habitude de faire honte de leur fortune à ceux qui ont su prendre des risques et des initiatives.

Le premier en Californie, il avait su combiner dans un mélange détonant les progrès de la micro-électronique, le triomphe du crédit bancaire et la solitude dévorante des mâles américains crevant de non-communication et de privation d'amour. Son business était en passe de devenir une véritable industrie. Six cent mille appels téléphoniques par jour ! Un chiffre d'affaires qui n'arrêtait pas de grimper. Le gouvernement fédéral, poussé par la majorité puritaine du pays, la « Moral Majority », avait bien essayé de stopper l'ascension. En vain.

Tim Greenglass était un patron plutôt cool. A midi, deux ou trois de ses employées pouvaient, si elles le désiraient, aller se faire bronzer tranquillement sur le pont du *Glory to God*, son cabin-cruiser.

Sans grand danger pour leur vertu, si ça les inquiétait encore. Allant au bout des confidences, Greenglass avait expliqué sa vie sexuelle. « Normale » pour commencer, c'est-à-dire hétéro, mais sans grande passion. Et puis, dans les années 70, alors que le lobby gay commençait à triompher aux Etats-Unis, il s'était peu à peu senti irrésistiblement attiré par les hommes. Il avait résisté. Longtemps, il s'était forcé à continuer à draguer des femmes — ce qui, entre parenthèses, confirmait le récit qu'avait fait Brigitte à Corentin d'un week-end avec son patron sur la Côte. Et puis, depuis quelques mois, il avait arrêté la comédie. Sa liaison avec Matt Hammer datait de là. Episodique, bien sûr. Tous les deux avaient d'autres amants. Quoique, depuis l'apparition du SIDA, la *mort gay*, ils étaient pratiquement fidèles l'un à l'autre.

Pendant tout ce récit, Matt Hammer, ulcéré d'humilation de voir sa vie privée étalée devant Nicoletti, son supérieur, était resté silencieux, mâchonnant sa moustache rousse nerveusement.

Bref, Tim Greenglass avait réussi dans la vie. Il ne se féliciterait jamais assez, disait-il, d'avoir largué l'université où il avait été, durant deux ans, étudiant en *Humanities*, à l'Université de San Carranza. Après, il avait tenté sa chance. Et gagné.

L'os, le grain de sable dans la machine, le boulon dans les rouages, ça avait été, il y a deux mois, une plainte déposée contre sa société. Après un scandale qui avait fait pas mal de bruit en Virginie, où un employé d'une administration avait, pendant six mois, téléphoné tous les jours à l'une des « demoiselles du téléphone » très particulières de Greenglass. L'administration en question s'était aperçue de ça après avoir reçu une note téléphonique particulièrement carabinée. La Justice avait été saisie. L'Etat de Virginie réclamait du gouvernement fédéral la fermeture du love-by-phone de San Francisco.

Et Matt Hammer, pour sortir Greenglass du pétrin, essayait de faire jouer toutes ses relations, à tous les échelons de l'Administration américaine. Sans succès jusqu'ici, d'ailleurs.

L'empire Greenglass flageolait sur ses bases et le yacht *Glory to God* risquait sous peu de passer sous un autre pavillon, avec un autre propriétaire.

Là-dessus, l'agression de Brigitte Quentin, puis la mort atroce de Jerry Faulkner étaient arrivées. Pas pour arranger les choses.

Nicoletti se leva en faisant craquer ses jointures.

— On fout le camp, annonça-t-il.

Il regarda Matt Hammer droit dans les yeux.

— Vous venez, ou vous avez l'intention de remettre ça, avec votre petit copain ?

Le policier roux le suivit, regard baissé, essayant visiblement de passer pour la statue de l'humilité.

***

Resté seul, Greenglass attendit que la Pinto bleue ait disparu au bas des collines. Puis il se rua dehors et sauta dans sa Chrysler rouge dont la plaque d'immatriculation portait son nom, comme cela est courant aux Etats-Unis.

Avec un seul objectif : mettre le tueur hors d'état de nuire.

Le meurtrier de Jerry Faulkner. Qu'il connaissait bien. Peu à peu, à écouter Matt Hammer d'abord, puis les trois autres policiers, le portrait du criminel s'était lentement dessiné, en surimpression, dans son esprit.

Tous les détails y étaient. La calvitie intégrale. Le crâne monstrueusement allongé. La Buick noire. Le badge sur le pare-chocs arrière : *A Permits*. Un universitaire, avaient-ils dit... Etudiant ou professeur... Mais dans quelle université ?

Lui, Greenglass, depuis quelques instants, il avait la réponse.

Stupéfiante. Impensable. Aveuglante comme la vérité.

Jamais, jusqu'à ce matin, il n'aurait pu penser que cet homme qui avait été son professeur pendant deux ans, avec qui il avait gardé des relations d'amitié assez étroites, dont il admirait l'intelligence et la culture, était le fou furieux du motel *Bella Vista*. Le violeur au téléphone.

Il aurait pu dire ce qu'il savait, tout à l'heure. Il ne savait pas clairement pourquoi il ne l'avait pas fait.

Probablement l'envie, contre toute évidence, de s'être trompé quand même. D'avoir complètement fantasmé.

Il fit rugir le moteur de la Chrysler.

Il était sûr, malheureusement, qu'il avait deviné juste.

Et s'il ne faisait rien, l'autre lui massacrerait toutes ses filles.

*
* *

A la même heure, sur Santa Ynez Street, le long d'une haie de yuccas, quelqu'un d'autre hésitait. Avec de bonnes raisons pour être capable, lui aussi, de mettre un nom sur l'assassin de Jerry Faulkner dont les actualités télévisées lui avaient révélé la mort, une demi-heure avant.

Jean-Baptiste Saint-Christophe n'avait plus longtemps à vivre et l'horreur simple de son destin n'était même pas romantique. Ça se résumait facilement : à force de se faire défoncer ou de défoncer les autres, il avait chopé la peste. Sans espoir d'en réchapper. Foutu pour foutu, il avait envie de finir en beauté. D'être utile à la société.

En somme, de liquider Maxence Chenavard, un collègue et ami de l'Université de San Carranza dont la culpabilité ne faisait aucun doute à ses yeux, après les quelques détails donnés à la télé sur le tueur.

— C'était Chenavard qui, le premier, lui avait parlé du love-by-phone de Greenglass, un ancien élève à lui qui avait fait fortune d'une drôle de façon.

En soi, ça ne rendait pas Chenavard coupable. Mais il y avait le reste. La Buick noire, la calvitie. La démesure même du crime. Sans se le dire clairement, il avait toujours été mal à l'aise avec Maxence. Quelque chose de monstrueux, bien caché, refoulé... Et qui ressortait au grand jour, maintenant. Laissant une traînée de mort derrière lui.

L'ennui, c'est que Pamela, la femme de Chenavard, lui avait dit que celui-ci venait de partir pour San Francisco, quand il s'était rendu chez eux.

Il hésita quelques instants. Sa voiture n'était pas loin et elle était aussi puissante que celle de Chenavard. Il avait encore ses chances.

De toute façon, qu'est-ce qu'il avait à perdre ?

CHAPITRE XVIII

Boris Corentin repoussa son assiette, laissant le champ libre à Brichot et à Nicoletti pour la chasse aux minuscules morceaux de poisson cru disposé avec un certain art, en sorte qu'ils formaient des dessins compliqués et des motifs floraux sur le plateau un peu surélevé, au milieu de la table.

— Excusez-moi, toussota-t-il, mais j'aurais besoin que vous me rafraîchissiez la mémoire. Tim Greenglass a fait deux ans d'université, je ne sais plus où... San Francisco ? Berkeley ?

Nicoletti secoua la tête. Ses baguettes heurtèrent celles de Brichot. Si ça continuait, ils allaient se battre pour le dernier petit morceau de poulpe du sashimi.

— Ni l'un ni l'autre, fit-il. San Carranza. Une université privée, à quelques dizaines de miles, vers le sud.

Brichot avala une gorgée de saké. Il eut l'impression qu'elle lui tombait droit dans l'estomac comme si elle allait y faire un trou.

— Là où enseigne Saint-Christophe, ajouta-t-il avant de replonger au sashimi.

— Merci, Mémé, murmura Boris. C'est ce que je voulais entendre.

Il changea de position et se remit en tailleur. Au *Bush Garden*, un restaurant japonais au coin de

Stockton et de Bush Street, Nicoletti avait retenu par téléphone l'un des vingt cabinets particuliers où on mangeait à la japonaise, c'est-à-dire par terre, assis sur un tatami devant une grande table basse et ronde. Brichot avait d'abord fait la grimace, mais le crabe (aleskan king crab), puis le sashimi, avaient eu raison de ses préventions. Finalement on s'habituait très bien à manger à la japonaise.

— On a notre tueur, fit Corentin en cherchant une Gallia. Trop de coïncidences pour que se ne soit pas ça.

— Tu connais son nom ? éructa Brichot au bord de l'explosion parce qu'il venait d'arroser immodérément de sauce verte pimentée son petit morceau de poisson.

— Mémé, fit Boris sur un ton de reproche, je ne suis pas le Père Noël. Je réfléchis. Je cherche. Et quand je cherche, j'essaie de trouver. Vous vous souvenez, tous les deux, que Saint-Christophe nous a parlé d'un collègue de San Carranza qui lui a, le premier, indiqué l'existence du love-by-phone de Greenglass ?

Brichot le dévisagea, les yeux ronds.

— Et vous vous souvenez aussi de ce qu'a dit le réceptionniste du motel *Bella Vista ?* A propos du badge mauve, *A Permits*, sur la Buick ?

— Conclusion ? souffla le policier américain, baguettes immobilisées.

— Conclusion : si je ne suis pas en train de délirer, l'assassin est là-bas. Il vit là-bas, sans doute sur le campus ou dans les environs. Ça limite quand même considérablement les recherches, non ? Je suppose qu'à San Carranza, il y a une police, comme sur tous les campus ? Eh bien, leur ordinateur acceptera peut-être de fonctionner un dimanche après-midi pour nous indiquer combien il y a de professeurs et d'étudiants possédant des Buick noires... Qu'est-ce que vous en pensez ?

Brichot et Nicoletti le regardèrent comme s'il venait de leur révéler qu'il était Prix Nobel de physique nucléaire.

Ils étaient d'accord.

***

A peine quinze heures. Une étrange filature en chaîne était en train de s'organiser. Sans qu'aucun des partenaires de cette filature ne soit en mesure d'imaginer qu'il n'était qu'un élément dans une même et longue histoire compliquée chargée d'horreur et de mort.

Pour sortir de San Francisco comme pour y rentrer, tout le monde vous expliquera qu'il n'y a que deux moyens. Deux *freeways*. La 280, la plus belle. La 101, dépourvue de charme, mais qui a l'avantage de faire moins de détours, donc d'être plus rapide.

Maxence Chenavard bénéficiait d'une demi-heure d'avance sur tout le monde. Sa Buick noire fonçait sur la 101 en direction du nord, c'est-à-dire de San Francisco. Il n'avait aucune raison de choisir la 280 et les collines vallonnées et pelousées qu'elle offrait gracieusement aux touristes.

Le second à faire miauler la gomme sur le *freeway*, ce fut Jean-Baptiste Saint-Christophe dans sa Fairlane gris métallisé. Lui aussi prit la 101. Simple bon sens : si Chenavard était bien celui qu'il craignait, il était à cent lieues de chercher à se payer des émotions esthétiques. Saint-Christophe avait trente minutes de handicap sur Chenavard au départ. Peu à peu, la distance s'amenuisa et il aperçut le coffre noir de la Buick devant lui.

Sur la 101 également mais en sens inverse, descendant vers le sud, c'est-à-dire en l'occurrence vers San Carranza, la Chrysler rouge de Timothy Greenglass.

Sans le savoir Tim croisa Chenavard qui remontait vers San Francisco, à la hauteur de Millbrae.

Enfin, trois policiers, dont deux Français et un Américain qui trouvait que sa digestion était sévèrement bousculée, fonçaient eux aussi vers le sud, dans une Pinto bleue.

Mais Boris, d'autorité, avait pris la 280. Histoire d'apporter un peu de poésie visuelle à cette traque au bout de laquelle un homme devait tomber entre leurs mains. Avec assez d'horreurs sur la conscience pour que les jurés le condamnent à mort sans même avoir besoin de se retirer pour délibérer.

*
* *

Maxence Chenavard conduisait, pied au plancher. Il se sentait aussi léger que l'air ambiant de ce dimanche brusquement presque estival, avec sa luminosité limpide et son ciel parfaitement bleu. Il le savait, il allait au bout de son destin, maintenant. Il touchait au but. Au terme. A la réalisation de son rêve fou : sa *renaissance*. Son *rebirth*. Qui serait aussi sa fin, mais ça il s'en foutait éperdument.

Il avait glissé, dans le lecteur de cassette de son auto-radio, un nouvel enregistrement du *Boléro*. Et il écrasait l'accélérateur graduellement. Au fur et à mesure que l'orchestre amplifiait et accélérait la mélodie. Passant peu à peu au maximum de la sonorité.

Il était fou ? Et alors ? Tout le monde a sa folie, non ? Mais rares sont ceux qui ont le courage d'aller jusqu'au bout de fantasmes trop vastes et trop violents dont les dimensions dépassent l'humanité courante et sa morale étriquée. Ceux-là sont les rois du monde. Ou leurs démons.

Il était un monstre ? Peut-être. Mais qui a décidé de ce qui était monstrueux ou ne l'était pas ? Les autres justement. Les esclaves. Les médiocres, qui ont inventé des lois prétendument universelles pour se protéger des grands prédateurs dans son genre.

La scène de la bibliothèque du campus, tout à l'heure, cette espèce de viol consenti d'une étudiante de dix-sept ans par ses deux camarades de cours, dans une des vénérables travées de la William S. Pivarsky Library, lui avait rebranché la rage au corps et la folie au crâne. Dans son ventre en feu, sa libido fêlée poussait des ruades sauvages comme une bête enragée et affamée qui griffe les barreaux de sa cage.

Sa cage à lui, c'était ce bas-ventre sans réactions. Ce lambeau de chair molle et flasque incapable de durcir et de se dresser à la commande du désir, comme des centaines de millions de sexes masculins par le monde, depuis la nuit des temps. Des sexes d'hommes simples, pourtant, pour la plupart infiniment moins intelligents que lui, moins brillants. Mais qui avaient sur lui cet avantage, invraisemblable et cruel, formidablement injuste : se sentir devenir raides et durs et lourds sous l'appel du plaisir. Pouvoir faire crier des femmes. Les sentir onduler sous eux comme des vagues de chair, sous l'orage d'une jouissance dont ils étaient les maîtres...

Lancinant, lui revenait le spectacle profanateur de la bibliothèque, tout à l'heure. Cette chevauchée, dans le sous-sol obscur bourré de vieux livres, d'une fille aux seins généreux qui s'offrait, consentante, fesses et cuisses ouvertes, à la double ruée de ses deux compagnons. Il revoyait les deux pals qui la fouillaient, la saillaient. Celui, long et brun, du Mexicain, par en dessous. Celui, noir comme une massue de bois d'ébène où les veines formaient des entrelacs de nœuds, de l'étudiant africain, par-derrière, dans les palpitations chaudes de ses reins.

Puis une autre image arrivait en gros plan. La même depuis quelque quarante ans. Atroce, rapide, précise. Sa mère giflée, fouettée, jetée à terre, relevée. Tournant, sous les coups que lui assenaient les cinq hommes, comme une toupie folle. Les cheveux arrachés. Les dents cassées. La robe en lambeaux découvrant peu à peu la chair nue. Et lui, courant et hurlant « Maman ! » Ne comprenant rien mais sachant que ce qui se passait, c'était la fin du monde. Son père, dans un coin de la cuisine, presque coupé en deux d'une rafale de mitraillette. D'énormes bouillons de sang à la place du ventre et des nuées de mouches de l'été 1942, au-dessus. Et de nouveau les costumes des miliciens, leurs cinq uniformes bleu nuit frappé de l'insigne en forme de *gamma* grec de la milice de Darnand. L'arme d'élite « de la Révolution nationale » ! De la collaboration vichyssoise. Un ramassis de râclures fascistes et de truands recyclés dans la chasse aux résistants, délirants de joie criminelle à l'idée d'en avoir coincé deux, le père et la mère de Maxence dénoncés la veille par un membre du réseau qui avait craché leur nom au bout d'une nuit de torture, juste avant de mourir. Deux par deux ils avaient possédé ma mère, l'avaient violée par tous les orifices. Puis le cinquième, le chef, s'était approché d'elle, sa mitraillette en avant, la bouche tordue par un rire silencieux...

Une seconde plus tard, la mitraillette introduite dans le ventre de la femme là où quatre miliciens venaient de la forcer, crachait ses projectiles, déchiquetant les parois des intestins, trouant les poumons, éjectant un flot de sang par la bouche de la malheureuse. Dans le triomphe orgastique des dernières mesures du *Boléro* de Ravel poussé à pleine puissance. Une image que le petit Maxence n'avait plus jamais oubliée.

Il approchait du cœur de San Francisco, l'endroit où la 101 et la 280 se rejoignent dans un emmêlement extraordinaire de *freeways* sur pilotis. Avec les gratte-ciel autour, droits, massifs et extraordinairement harmonieux. Ordinateur gigantesque et cubique au-dessus des flots bleu-vert de la baie. Sur le ruban de l'autoroute juché à vingt mètres du sol, l'impression à chaque fois d'entrer en hélicoptère dans une mégapole extra-terrestre. La ville comme un pont sur l'océan. Dans le vent tranchant. Une jetée cyclopéenne en plein large. Sauvagement belle. Comme bâtie elle-même sur la domination inouïe de dollar en pleine puissance ascensionnelle. Dans le silence de tous les peuples du monde, stupéfaits, conquis, subjugués.

Il arrivait enfin au bout. Au dernier rond. Il allait finir en apothéose.

Cent mètres en arrière, la Fairlane gris métallisé de son collègue haïtien, Jean-Baptiste Saint-Christophe, fonçait dans un chuintement étouffé.

***

Au-delà de pare-brise de la Ford Pinto bleue de location, c'était un spectacle étrange. Après ces kilomètres d'autoroute, brusquement ils étaient en pleine campagne européenne. Quelque chose comme un mélange de Toscane et d'arrière-pays de la Côte d'Azur. Des cyprès, des palmiers, des vallonnements verts de prairies et de bois jusqu'à l'horizon où se nichaient les villas des enseignants. Et le centre nerveux du campus, au milieu, avec ses colonnades néo-romanes, ses cloîtres légèrement gothiques, ses portes en arcades, ses toits de tuiles romaines dorées par le soleil. Une tour en forme de campanile achevait de donner un air de village provençal à l'ensemble. A côté, une église scrupuleusement copiée sur le modèle des basiliques européennes de la chrétienté médiévale dressait sa croix de pierre dans l'azur.

Le campus de l'Université de San Carranza, avec ses bâtiments paisibles faits pour la méditation, la recherche, le travail. D'où, depuis un siècle, certaines des plus importantes découvertes scientifiques du monde moderne étaient sorties.

— On va laisser la voiture là, fit Nicoletti en indiquant un des parkings classé « A ». Seuls les vélos ont droit de cité sur le campus.

Il montra les bâtiments d'un geste ample :

— Tout ça a été construit une première fois vers 1880. Et puis, le 18 avril 1906, il y a eu l'*earthquake*. Le tremblement de terre. Qui n'a pas seulement détruit San Francisco. L'Université de San Carranza aussi a été rasée en quarante-cinq secondes !

Il sourit.

— Et reconstruite en trois ans. Scrupuleusement pareille.

Boris serra les mâchoires.

— Vous savez où se trouve le commissariat du campus ? interrogea-t-il d'une voix hachée.

***

Timothy Greenglass était parti avant eux, sur la 101. Mais il avait eu un pépin. Crevaison du pneu avant de la Chrysler. Il avait dû réparer. Puis il avait pris un café et avalé un cheeseburger généreusement arrosé de ketchup, dans une brasserie au bord de la route. Pour se donner du cœur au ventre. Au fur et à mesure qu'il se rapprochait de San Carranza, il doutait de plus en plus de son intuition. S'il s'était trompé ? En fait, Chenavard, son ancien prof quand il essayait de préparer son « PHD », son diplôme de licence, au département *Humanities*. l'avait toujours impressionné. Devant lui, malgré le tas de dollars sur lequel il dormait maintenant, il redevenait l'adolescent pas doué pour les études, autrefois. Une fascination qu'il se reprochait. Comme il se reprochait de ne pas avoir songé à se méfier de lui quand Chenavard, il y a quelques mois, était venu lui rendre visite, à ses bureaux d'Embarcadero Center, et où il s'était promené deux heures seul à travers les étages et les couloirs... Comment d'ailleurs aurait-il pu penser...

Il se secoua. Il fallait quand même aller jusqu'au bout, maintenant. Avec les jambes qui se dérobaient sous lui, et son courage qui foutait le camp.

Le visage de Jerry Faulkner, la petite Marylin de *suburbs*, lui apparut mentalement sur grand écran.

Lui rappelant que chaque minute comptait.

***

Marvin Riggs, le shérif du campus de San Carranza, aurait bien voulu offrir une bière à ces trois collègues tombés du ciel rien que pour rompre la monotonie d'un dimanche où il ne se passait rien. Mais ils avaient l'air extrêmement pressés.

L'ordinateur avait craché sa réponse en quelques secondes. Trois Buick enregistrées au commissariat de San Carranza. Trois Buick dont les propriétaires étaient venus payer leur cotisation pour obtenir le droit de parquer sur le campus. Une rouge qui appartenait à un étudiant, et deux noires dont les propriétaires étaient des professeurs.

Mais le premier, avare ou fauché, avait pris un *C Permits*, les parkings les moins chers parce que les plus éloignés du centre universitaire.

Restait l'autre Buick noire. Qui avait en effet un *A Permits*. Elle appartenait à un enseignant d'origine française, Maxence Chenavard. Son adresse ? Le 12, Santa Ynez Street. Pas loin de la lagune, au sud-ouest du campus.

Marvin Riggs les vit foncer dehors avec un petit

pincement au cœur. Depuis dix ans qu'il était en poste ici, nommé et appointé par l'Université elle-même, lui et ses trente policiers assermentés se tournaient les pouces et crevaient d'ennui. A part les amendes pour stationnement illicite, ils n'avaient pratiquement rien à faire. Un meurtre en dix ans. Un étudiant qui avait défoncé le crâne de son prof à coups de marteau. Deux viols dans les toilettes du restaurant des *undergraduates*. Quelques cambriolages dérisoires. Cinq homosexuels poissés dans la salle de conférences du département des Arts en train de se faire des choses qu'on appelait contre-nature il y a encore dix ans. Des fumeurs de joints. Un peu de coke saisie dans les dortoirs, une fois. Ça le changeait de l'Université du nord-ouest de Chicago, où il avait débuté et où c'était le western tous les jours.

Et aujourd'hui qu'il se passait peut-être quelque chose, il était coincé là, de permanence, un dimanche après-midi.

Stupéfait à l'idée que ce campus quatre étoiles puisse recéler un tueur monstrueux. Comme une basse-cour où aurait éclos, soudain, un œuf de serpent.

CHAPITRE XIX

Maxence Chenavard coupa son radio-émetteur. Fameux, le système qu'il avait mis au point et qui lui permettait de cette petite chambre qu'il louait trente dollars par mois en cachette de Pam, sur Grant Avenue, de capter sans être repéré toutes les communications du love-by-phone de Tim Greenglass, un ancien élève qu'on ne pourrait jamais assez féliciter d'avoir laissé tomber ses études.

Quand il avait appris par les journaux l'existence du business de Tim et sa fortune naissante, ça avait été comme un trait de feu. La suite n'avait demandé qu'un peu d'organisation et la complicité du hasard.

Le hasard, ça avait été une petite annonce dans le *San Carranza News*, le journal du campus édité quotidiennement et distribué gratuitement. Il y avait une chambre à louer dans le quartier de Grant Avenue, à San Francisco. Le patron était un malade d'électronique, un *technonut* qui lui avait expliqué le fonctionnement des *infinity transmitters*, et de tous les autres systèmes d'espionnage par minuscules boîtiers comprenant un micro et un décodeur, que l'on peut disposer à l'intérieur d'un appareil téléphonique et grâce auxquels on peut capter n'importe quelle conversation de n'importe quel point du globe. Un système qui laisse loin derrière lui les micros-espions de naguère, efficaces uniquement à des distances très réduites. Cinq cents mètres au maximum, en général. Il en avait volé cinq dans la boutique de bric-à-brac électroniques de son propriétaire. Et puis il avait contacté Tim Greenglass. Lequel avait été très ému de faire visiter son building à son ancien prof. La revanche du mauvais élève d'autrefois, heureux de briller enfin devant un prof qui le subjuguait. Chenavard n'avait eu aucune difficulté à continuer la visite seul. Et à loger ses boîtiers de transmission dans cinq des chambres où opéraient les très spéciales demoiselles du téléphone employées par Greenglass.

Il se leva. Il ne tenait plus en place. La communication qu'il venait de capter entre l'une des filles de la Lovesong Inc. et un exploitant forestier installé sur les bords du lac Michigan l'avait mis hors de lui. On lui aurait fait sniffer de la coke, en même temps qu'on lui injectait de l'héroïne et qu'on lui faisait avaler un petit « buvard » imprégné de LSD, le tout agrémenté d'une tranche séchée de peyotl pour la fureur électrique des visions hallucinatoires, ça ne lui aurait pas fait davantage d'effet.

Il se mit à tourner en rond dans la pièce minuscule qu'il n'avait jamais occupée que pour s'acharner sur les boutons de son récepteur FM. Comme un fauve de cirque romain qui sent, à l'instinct, qu'on va bientôt ouvrir sa cage et le laisser foncer sur deux ou trois esclaves lâchés sans défense sur la piste de sable doré.

Beverly, l'une des demoiselles en fonction ce dimanche dans l'immeuble de l'Embarcadero Center, venait de décrire à son homme des bois du lac Michigan les moindres détails de ses ouvertures les plus intimes avec une exaltation dans le détail obscène qui dépassait de loin toutes les conversations que Chenavard avait pu pirater jusque-là. Il avait l'impression de tout savoir d'elle. Dimensions, couleur, qualités de la chair, élasticité, jusqu'aux moindres nuances de sa pilosité châtain qui fonçait, disait-elle, au fur et à mesure qu'elle remontait entre ses fesses.

Il saisit la clé de sa Buick, jetée sur le lit en arrivant, et se dirigea vers la porte. Décidé à passer à l'action directement. Sans attendre comme l'autre fois, avec Brigitte Quentin. Sans ruser. A quoi bon, maintenant ? Est-ce qu'on peut changer ? Est-ce qu'on demande aux tigres de ne pas avoir de griffes ? Il était un tigre et il avait des griffes. Le reste n'avait plus aucune importance.

Il était sur le point de sortir quand on sonna à la porte. Il arracha, plus qu'il ne tira, le battant.

— Saint-Christophe ! Qu'est-ce que tu fais là ?

Son collègue haïtien était mince, presque fluet, des épaules étroites, une taille souple et flexible. Chenavard comprit tout de suite que Jean-Baptiste Saint-Christophe ne l'avait pas suivi jusqu'ici pour lui proposer de participer à un séminaire interdisciplinaire réunissant les enseignants en *Humanities* et ceux de la School of Engineering, leurs spécialités respectives.

— Tu aurais pu me prévenir, fit-il en explosant soudain d'un large sourire.

Saint-Christophe le regardait, hésitant. L'autre avait récupéré au quart de tour et fonctionnait maintenant à la grosse cordialité entre collègues.

— Entre, fit Chenavard, tu veux boire quelque chose ?

Avec cette mort qu'il avait dans les cellules et qu'on appelait SIDA, Saint-Christophe s'était senti tous les courages. Liquider un nuisible. Donner un sens ultime aux dernières semaines de sa vie sur cette terre.

Seulement, il n'avait même pas réfléchi aux modalités de l'attaque. Il accepta l'invitation de Chenavard et entra.

— C'est mon coin secret, ici, cligna de l'œil Chenavard, hilare. J'espère que ça restera entre nous, hein ?

Il avait l'air de l'innocence même. Seuls ses yeux trop brillants restaient inhumains. La férocité incarnée. Absolue.

Saint-Christophe, d'un regard circulaire, cherchait un ustensile qui lui permettrait de frapper cet homme avec lequel il n'avait eu que des relations amicales, pendant des années. Et dont, ce matin, il avait découvert avec horreur la sombre, la sanglante vérité cachée.

— Tiens ! fit soudain Chenavard en ouvrant la fenêtre qui était restée entrebâillée. C'est incroyable. Tu as vu, Jean-Baptiste ?

Le Haïtien dévoré par la peste gay le rejoignit, par pur réflexe.

— Qu'est-ce qu'il y a ? questionna-t-il machinalement en se penchant comme lui à la fenêtre.

Chenavard recula sans même qu'il s'en aperçoive, se baissa avec une vitesse foudroyante et le saisit par les jambes. Le Haïtien était léger comme un adolescent de treize ans. Il n'eut même pas le temps de se débattre. Déjà il passait de l'autre côté. Côté vide.

Un gouffre de six étages s'ouvrait au-dessous de lui. Il y plongea sans avoir rien vu venir.

Vingt secondes plus tard, Maxence Chenavard débouchait de l'immeuble. Grant Avenue était désert. Personne n'était encore venu et Saint-Christophe n'avait même pas crié.

Il passa le long du cadavre du Haïtien. Ce n'était plus qu'un amas d'os brisés en petits morceaux que seule la peau du corps retenait ensemble, en désordre comme dans un sac. Une flaque de sang s'agrandissait sous son crâne fracassé.

Au fond, Saint-Christophe avait quand même

gagné quelque chose. Il avait feinté sa propre mort. En avance sur le SIDA de plusieurs mois.

***

A la même heure, dans la lumière qui commençait à décliner au-dessus des palmiers du campus, Boris Corentin éjectait de son logement la cassette qu'il avait ramassée dans la chambre du motel *Bella Vista* où Jerry était morte.

Il vira vers Nicoletti et Brichot.

— Démonstration satisfaisante ? interrogea-t-il.

Dans la salle de séjour de la maison dont Maxence Chenavard était propriétaire, dans une petite rue bordée d'eucalyptus d'un des quartiers résidentiels de l'Université de San Carranza, toute une série d'intuitions venaient de se transformer en certitude. Et un monstre jusqu'ici sans visage avait trouvé un nom et un prénom.

Maxence Chenavard, quarante ans, titulaire d'une chaire, prof respecté d'une des universités les plus cotées des Etats-Unis, marié et père de deux enfants. Né en France et orphelin à deux ans d'un père et d'une mère qui avaient payé un maximum leur engagement dans la Résistance.

La discothèque de Chenavard était brillante, abondamment fournie. Back, Vivaldi, Mozart, Monteverdi, Debussy, Wagner. Ce n'était pas ça qui intéressait Boris. C'était Ravel. Il avait enfin trouvé le disque. Il l'avait mis sur la platine et l'avait attentivement écouté. Il avait remarqué une légère rayure à peu près au milieu du morceau. Il avait introduit la cassette dans le logement adéquat et réécouté la mélodie.

La même rayure, au même moment, au même endroit.

La cassette trouvée dans le motel *Bella Vista* avait été enregistrée ici, sur ce disque.

— Comme, certainement, la cassette saisie chez Brigitte, ajouta Boris. Nous nous en assurerons plus tard, mais je crois que maintenant, les jeux sont faits.

Pamela Chenavard, née Smolowe, en Pensylvannie, les avait accueillis avec un calme étrange. Comme si ça ne l'étonnait pas, ces soupçons sur lesquels elle n'avait pas encore de détails mais qu'elle sentait peser sur son mari. Trois policiers ne se dérangent pas pour faire du tourisme. Surtout quand, sur les trois, il y en a deux qui, en plus, ont traversé l'Atlantique.

Elle les avait encouragés à fouiller partout autant qu'ils le désiraient. Elle avait seulement envoyé les enfants jouer sur le *play ground*. Maintenant, elle leur préparait du café. Elle avait énormément insisté.

— Il ne reste plus qu'à le coincer, fit Nicoletti.

C'était plus facile à dire qu'à faire.

***

Sur le chemin sablonneux de Santa Ynez Street, où les pluies diluviennes des dernières semaines avaient creusé des sillons profonds, Tim Greenglass arrivait au bout de son calvaire. Pétrifié d'angoisse à l'idée de se retrouver en face de son ancien prof et d'avoir à l'accuser d'un meurtre de dingue, il s'était encore arrêté dans trois bistrots, avant de parquer enfin sa Chrysler sur l'aire de stationnement la plus proche du domicile de Chenavard.

Tout de suite, il avait remarqué deux choses.

La Buick noire de l'enseignant n'était pas là.

La Ford Pinto bleue de location qu'il avait vue gravir la colline de Tiburon, le matin même, était garée, et ce n'était sûrement pas une coïncidence.

Il avait hésité. Tiraillé par l'envie de repartir. Seulement, il y avait le visage de Jerry, qui ne le quittait pas. Et la responsabilité involontaire, détournée, qu'il avait dans sa mort. Il avait une morale à lui, Tim Greenglass, mais elle valait celle de beaucoup de gens.

« Je préfère encore affronter les flics que Chenavard », se dit-il en avançant.

Quelques instants plus tard, il était introduit par Pamela dans la salle de séjour.

— Oui, je sais, vous êtes étonnés, murmura-t-il lentement aux trois policiers.

Son bec-de-lièvre camouflé sous la moustache tremblait.

— Je ne vous ai pas tout dit, ce matin, commença-t-il avec lassitude.

***

Tim Greenglass raccrocha. Blafard jusqu'aux oreilles.

— Il est arrivé quelque chose, bafouilla-t-il. Je viens d'avoir le standard. Ils cherchaient à me joindre depuis un quart d'heure.

D'instinct, il se tourna vers Boris Corentin.

— Chenavard vient de débarquer à l'Embarcadero Center. Il a bousculé la réceptionniste et foncé dans les étages. Il s'est enfermé dans une chambre avec une de mes employées, Beverly Archer. Il la tuera si on force la porte.

CHAPITRE XX

Dans la minuscule pièce où on pouvait à la rigueur se tenir à deux à condition d'être ensemble sur le lit, Beverly Archer et Maxence Chenavard jouaient au jeu millénaire de la mangouste et du cobra. Un jeu qui se termine par la mort de la mangouste hypnotisée par le cobra, et la lente digestion de celle-ci dans l'estomac méthodique du monstre triomphant.

Beverly Archer était un de ces croisements miraculeux des sangs qu'on nomme métissages et qui sont à l'origine des filles les plus belles du monde. Une de ses ancêtres avait dû avoir des faiblesses pour un de ces immigrés venus clandestinement du Mexique que les Américains de pure souche appelaient avec mépris les *wetbacks*, c'est-à-dire les « dos mouillés » parce que beaucoup d'entre eux traversaient le Rio Grande à la nage pour s'introduire en fraude aux Etats-Unis.

De cet arrière-grand-père inconnu, Beverly avait hérité sa peau mate naturellement dorée sans avoir besoin de s'infliger le martyre des séances de bronzage, des coups de soleil ou des rayons UVA auxquels doivent se plier tant d'Américaines à la peau blanche de blondes d'ascendance plus ou moins germanique ou nordique. Elle avait des yeux et des cheveux très noirs de Mexicaine. De longues jambes parfaites aux cuisses et aux mollets exactement musclés où il fallait. Des fesses hautes et rondes. Une toison riche qui s'ouvrait généreusement sur un ventre haut fendu par de grandes lèvres roses. Des seins, enfin, admirablement gonflés avec des aréoles brunes bien régulières où les pointes perçaient triomphalement.

Elle était à peine maquillée. Une triple rangée de colliers tintinnabulaient au creux de sa poitrine à chaque geste. Dans cette chambre parfaitement climatisée, elle n'avait gardé que son bikini. Un mini-maillot deux-pièces en vichy rose. Soutien-gorge noué devant et slip minuscule que bombait la toison de son pubis. Telle qu'elle était, avec ces petits carreaux roses et blancs années 50, elle faisait très écolière perverse, adolescente délurée qui vient de découvrir les plaisirs de l'amour.

Chenavard avait presque défoncé sa porte en entrant. Elle avait tout compris en une seconde. Le crâne étrangement déformé, allongé en pain du sucre et complètement chauve. Les yeux noirs de fauve affamé. Le nez aigu. Le visage mince. La fixité surtout du regard. Le jet de feu glacé intérieur trahissant une résolution inhumaine, une décision qu'aucune tentative d'aucune sorte ne parviendrait à détourner de son but. Chenavard était parfaitement isolé, maintenant, du monde des humains. Il suivait sa piste sans plus rien savoir ni voir. Il frayait son chemin sauvage et jonché de morts.

— Qui êtes-vous ? bafouilla-t-elle stupidement.

Elle le savait bien, qui il était. Ce matin, en apprenant le meurtre de Jerry, à la télévision, elle avait hésité quelques instants avant de se décider à aller bosser au Lovesong Inc. de Tim Greenglass. Seulement, cent dollars de l'heure, ça fait mal, de les refuser. Surtout quand on a son père et sa mère à charge. Tous deux paralysés et cardiaques.

Alors, elle avait essayé d'oublier ce qui avait failli

arriver à Brigitte, la semaine dernière, et qui était arrivé à Jerry, hier. Et elle s'était mise au travail, courageusement. Faisant l'amour à mille kilomètres de distance avec des hommes seuls qui n'en pouvaient plus de ne pas être aimés et qu'elle caressait de la voix, longuement, savamment, en une sorte de psychanalyse érotique mille fois plus efficace que l'autre.

Maintenant, épouvantée, elle reculait. En se disant que, finalement, ces choses-là n'arrivent pas qu'aux autres. Et qu'elle avait à son tour, après Brigitte, après Jerry, la visite du monstre.

Crapahutant sur l'immense lit, le professeur de San Carranza devenu un dément la regardait de ses yeux cernés aux lueurs fixes.

— Toi, tu vas être très gentille et on n'aura pas d'histoires, murmura-t-il lentement. Tu sais très bien que ça ne servirait à rien de ne pas obéir.

Avant de partir, il avait raflé dans sa chambre de Grant Avenue un long tournevis cruciforme extrêmement pointu qui lui avait servi à réparer sa radio un jour. Une arme dérisoire en face des Smith and Wesson 357 Magnum des policiers qui allaient sûrement débarquer sous peu. Mais qui suffirait à les faire réfléchir, s'ils voulaient entrer. Le tournevis acéré pénétrerait comme une lame de poignard dans le ventre de sa prisonnière. Ou à travers ses côtes. Jusqu'au cœur.

C'est exactement ce dont il avait averti le standard par téléphone, juste après s'être enfermé dans la chambre de Beverly.

— Allons, grogna-t-il, ne fais pas l'idiote. Je t'ai entendue, tout à l'heure, avec ton coupeur d'arbres. Tu avais l'air beaucoup plus à l'aise. Tu ne vas pas me décevoir, hein, maintenant ?

— Laissez-moi, haleta Beverly dont le dos avait atteint le mur.

Elle ne pouvait pas reculer plus loin.

— Tu veux rigoler, ma chérie ? ricana-t-il. Retire ça.

Il désignait le soutien-gorge. Elle hésita.

— Bon, c'est moi qui dois faire le travail, alors ?

Les bretelles furent rapidement arrachées. La lourde et généreuse poitrine de Beverly s'épanouit, magnifique, offerte, palpitant de la terreur qui faisait battre son corps.

— Allonge-toi ! ordonna-t-il. Sur le dos, d'abord.

Comme elle ne bougeait pas, tétanisée, il l'assomma presque d'une double gifle, aller et retour. Elle se laissa couler sur le lit, les yeux fermés. Presque asphyxiée par l'odeur insoutenable de l'homme. Un fumet de sueur, de tabac refroidi et de rut qui empuantissait la chambre minuscule.

— On n'a pas beaucoup de temps, fit-il en avançant la main vers le ventre de Beverly, encore dissimulé par le triangle d'étoffe du slip.

Il posa un doigt sur les carreaux de vichy roses tendus par l'épaisse fourrure de la toison.

— Ecarte ça ! ordonna-t-il. Je veux te voir, là. Tes lèvres, ton ventre...

Elle obéit au bout d'un instant. Glissant les mains entre les jambes comme si elle allait se caresser et dégageant les chairs délicates de ses grandes lèvres roses qu'assombrissaient les boucles de son pubis.

— Ouvre-toi avec les doigts. Encore. Je veux tout voir. Jusqu'au fond.

Elle accrut l'écartement de ses grandes lèvres, s'offrant jusqu'au plus secret de son intimité.

— Tu es large, grogna l'homme. C'est bien ça, c'est très bien. Tu as été faite pour moi, tu sais. Si j'avais le temps, je remercierais ta mère de t'avoir fabriquée si belle et si large.

Un instant, passant lui-même sous le slip, il l'empoigna sans ménagement par la toison comme par une chevelure qu'il aurait voulu arracher. Ses doigts glissèrent dans la chair délicate couleur de corail et il s'enfouit en elle, la distandant, la déchirant. Ecartelée, Beverly poussa un cri de souffrance.

— Ordure, salaud ! Pauvre malade, l'insulta-t-elle, sachant que c'était inutile.

Electrifié, Chenavard s'enfouit en elle encore plus profond. Son poignet disparaissait presque.

Il se retira brusquement et massacra le slip de vichy rose, libérant sa toison noire comme la nuit.

— Tourne-toi maintenant ! commanda-t-il. A quatre pattes, tu entends ? Et ouvre-toi. Je ne veux même plus voir tes fesses. Rien que ta fente ouverte. Et la fourrure, par derrière. Tu vas tout me montrer. Je veux me souvenir. Pour toujours.

Il sortit une cassette de sa poche ainsi qu'un walkman dont il coiffa les écouteurs. Puis il alla vers le téléphone et saisit le récepteur avec lequel il se rapprocha de Beverly.

Celle-ci, prosternée, muette, avait obéi.

Yeux révulsés, narines pincées, Maxence Chenavard avait l'air d'être en train de couver un infarctus.

Son *rebirth* commençait.

***

Sur la 101, Boris Corentin massacrait l'accélérateur de la Ford Pinto. Dans les tournants, il laissait la moitié de ses pneus sur l'asphalte. Quand il arriva dans San Francisco, il entendit plusieurs sirènes de police qui convergeaient vers l'Embarcadero Center et l'immeuble de Tim Greenglass transformé en Fort Chabrol par ce que les journalistes ont l'habitude d'appeler un « forcené ».

Dans la voiture, Nicoletti, Brichot et lui ne pensaient qu'à une chose : une pauvre fille, là-bas, était livrée à un dingue. Et elle allait en mourir.

***

Prosternée, le visage écrasé contre le drap, les reins creusés, le souffle coupé, les mains ankylosés à force d'ouvrir ses fesses comme le fou le lui avait ordonné, Beverly avait l'impression d'avoir atteint le dernier cercle de l'enfer. Elle ne pleurait même plus, elle ne criait plus. Elle n'avait même plus mal, d'une certain façon. L'enfer, c'est tout autre chose que la souffrance.

Derrière elle, depuis un quart d'heure, le dément la violait avec le récepteur téléphonique. Pantalon sur les genoux, il s'étudiait de temps en temps, vérifiant l'état de son ventre. Toujours aussi désespérément mou et flasque. Alors il recommençait un peu plus sauvagement à la forcer.

Elle entendait vaguement, par derrière, un grésillement continu : la musique du *Boléro* de Ravel, croissante et bondissante comme les vagues successives d'un orgasme triomphal, dans le walkman dont Chenavard avait collé les écouteurs à ses oreilles.

La mélodie de la mort.

Le démon arracha soudain le téléphone.

Prêt pour la dernière phase de la cérémonie.

***

Hagard, Boris Corentin passa une main un peu tremblante sur son front en sueur pour se redresser les mèches brunes qui s'y collaient.

— C'est très simple, murmura-t-il, il n'y a aucun autre moyen.

Le rez-de-chaussée du love-by-phone dirigé par Tim Greenglass grouillait de chemises bleues de policiers. Quatre patrouilles de San Francisco s'étaient réunies dans le hall tout acier, marbre et verre, de l'immeuble qui abritait l'étrange business téléphonique de Greenglass.

— Il s'est enfermé avec la fille au neuvième étage,

murmura Matt Hammer, furieux de voir Nicoletti demander conseil à ce policier français sur une affaire qui le concernait, lui, exclusivement.

— Excusez-moi, fit Corentin posément, mais si on fait irruption par la porte, il la tuera immédiatement. Même si son arme, ce tournevis, a quelque chose de dérisoire, il peut être parfaitement efficace. Il ne nous laisse pas le choix : ce sera par la fenêtre ou rien.

La moustache rousse du policier américain eut un frémissement.

— Neuf étages ! fit-il observer. Et rien pour se raccrocher, ou presque...

Corentin le jaugea.

— J'aimerais vous demander un service, fit-il doucement. Je sais que notre présence, à mon coéquipier et à moi, vous a empoisonné la vie. Laissez-moi risquer le coup. C'est une faveur que je vous demande. Personnellement.

Brichot vira vers sa flèche, mâchoires serrées.

— Laisse-moi aller avec toi, Boris, supplia-t-il.

Corentin se voûta. Se tournant vers Brichot pour que celui-ci soit seul à entendre.

— Mémé, tu as une femme et trois enfants bien décidés à aller attendre à Roissy un mari et un père entier et vivant. Pas un cadavre dans une boîte de chêne. Moi, je n'ai pas contracté de responsabilités. Personne à qui je me dois de vivre, de continuer. C'est un avantage dont il faut savoir accepter aussi les inconvénients, de temps en temps. La rançon de l'égoïsme et du célibat, si tu veux. L'envers de ma liberté.

Il se pencha encore.

— Si tu veux vraiment le savoir, j'ai peur, évidemment.

Matt Hammer s'avança.

— Très émouvant, grogna-t-il. Mais on ne peut pas vous laisser faire. Vous imaginez la presse, les journalistes, la télé... Un des trois ascenseurs automatiques, au fond du hall du rez-de-chaussée, venait de s'ouvrir dans le chuintement de ses portes d'acier. Boris calcula qu'il allait rester dix secondes ouvert, puis se refermerait. Il commença à reculer doucement. Calculant mentalement. Tout en parlant à Matt Hammer. Faisant semblant d'hésiter. De renoncer à son projet.

Au bout de huit secondes environ, il se détendit et bondit en arrière d'un saut de félin.

La porte se referma sur lui.

Il appuya sur le chiffre « 10 » puisque, aux Etats-Unis, le rez-de-chaussée est compté dans le nombre des étages.

Il s'aperçut qu'il n'avait aucune arme.

C'était tout nu qu'il allait au casse-pipe.

***

Les yeux vitreux, Chenavard s'était complètement déshabillé. Pour aller plus vite, il avait arraché sa chemise dont les boutons avaient sauté. Il avait lancé au loin le récepteur téléphonique. Totalement dénudé, le fou couvert de poils fauves qui lui donnaient un vague air de bête, se mit à se caresser le crâne en murmurant des phrases incompréhensibles.

Son étrange déformation crânienne, c'était un accident de naissance. Au moment de l'accouchement. Le petit Maxence s'était présenté « par le sommet en occipito-postérieur », comme disent les médecins-accoucheurs. Ça donne aux nouveaux-nés des crânes en pain de sucre, qui, généralement, redeviennent normaux en quelques jours. Pas celui de Maxence, qui était resté un dolicocéphal particulièrement caricatural. Et même monstrueux. En plus, il avait été chauve très tôt, ce qui n'avait rien arrangé. Surtout quand il était dévêtu. Sa toison de gorille, sur sa poitrine, son ventre, ses cuisses, faisait un contraste bizarre avec son crâne déplumé en forme d'œuf d'autruche.

Ce soir, ce handicap, qui avait été cause d'insondables complexes pendant toute sa vie, devenait un avantage. Ce long crâne aux lignes fuyantes, allongées comme un pain de sucre, allait glisser tout seul dans le ventre de la fille. Il allait rentrer là d'où il était sorti quarante ans auparavant. Se lover dans la nuit chaude et parfumée de l'intimité d'une femme. Recommencer sa naissance. Reprendre à zéro sa vie détraquée. Renaître. Devenir un autre.

Dans son cerveau de malade mental, il avait longuement mijoté son plan. Tout le monde autour de lui depuis des années parlait, dans un jargon mélangeant psychanalyse et mystique, de *rebirth*. De re-naissance. Ça grouillait de sectes, l'Amérique, et particulièrement la Californie. Des clubs de thérapie de groupe. Des instituts de relaxation. Des méthodes pseudo-orientales pour guérir les dépressions, les maladies, la solitude. Des cultes bizarres et fumeux. Souvent plus ridicules qu'inquiétants.

On *rebirthait* à tour de bras, autour de lui. A commencer par Paméla, son épouse.

Lui, il allait vraiment renaître. En réel. Au prix de la mort, bien réelle aussi, de la « mère » qu'il avait choisie...

Celle-ci, tétanisée, était toujours à genoux au milieu du lit. Prosternée. Immobile. S'ouvrant elle-même à deux mains. Comme pétrifiée.

Chenavard baissa lentement la tête, crâne dirigé vers la large ouverture rouge du ventre de Beverly qu'il avait longuement martyrisée tout à l'heure.

Le peu de raison qui lui restait s'était définitivement envolé. Il ne songeait plus qu'à son rêve de pur assassin délirant. Sa cervelle désaxée ne pouvait plus accueillir la moindre pensée normale. Incapable de se dire que ce qu'il rêvait de faire était physiquement impossible, tout simplement.

Elle sentit quelque chose de brûlant qui l'effleurait. Elle ne comprit pas, d'abord. La « chose » cognait contre ses grandes lèvres qu'elle distendait, doigts légèrement enfoncés de part et d'autre.

Affolée, elle tordit la nuque. La « chose » insistait, progressait, essayait d'entrer. Elle eut l'impression qu'une bête gigantesque s'introduisait entre ses cuisses.

Elle se mit à pousser un hurlement inhumain.

Chenavard n'entendit rien. D'abord parce que le *Boléro* gueulait à pleine puissance. Ensuite parce que, ce qu'il revivait, à présent, c'étaient les hurlements de sa mère, juste avant que la mitraillette ne pulvérise l'intérieur de son ventre...

***

Les mains crispées sur une minuscule corniche de béton, les semelles de ses chaussures mal assurées sur une autre corniche, plus bas, Boris Corentin essayait de coller à la façade en oubliant tout. Le vent coupant qui soufflait en rafales. Le vide vertical de neuf étages au-dessous de lui, avec les lumières des voitures, en bas, très loin. L'immense panorama de la ville, enfin, sur laquelle la nuit était maintenant presque tombée. L'eau bleu sombre de la baie. Une grande écharpe de ciel crépusculaire drapant de vapeur rouge les portes immenses du Golden Gate. Les mille lumières de la pyramide Transamerica, dans Downtown. Et les cornes de brume qui jouaient leur petite musique, là-bas, très loin, dans le brouillard commençant à bouillonner sur les eaux, comme une masse gigantesque de fumée froide et blanche.

Le cri de Beverly le glaça. Il était passé par la fenêtre de la chambre voisine et progressait maintenant millimètre par millimètre. La fenêtre de la pièce où Beverly vivait son martyre était tout près. Il en touchait déjà le rebord. Il se retint de bondir, au hurlement de la pauvre fille. C'est-à-dire de faire par la même occasion un plongeon de neuf étages. Il continua avec toujours la même lenteur désespérante. Frôlé par l'à-pic vertigineux.

Il atteignit enfin la fenêtre et se pétrifia.

Dans la lumière du plafonnier, la scène était abominable, monstrueuse. Sur le lit, nu comme au jour de sa naissance, celui qui avait été prof d'université et qui n'était plus qu'un gibier d'asile d'aliénés hyper-dangereux, essayait d'enfoncer sa tête dans le ventre distendu, écartelé, de la métisse. Celle-ci s'était effondrée à plat ventre et ne bougeait plus, visiblement évanouie. Sans abandonner sa position, Chenavard, mains crochées aux hanches de Beverly, la secouait comme une poupée de son. Pour essayer de l'ouvrir encore davantage.

Il n'eut aucune réaction quand la vitre vola en éclats sous la projection des coudes de Corentin. Celui-ci jaillit dans la pièce et se rua sur le détraqué, essayant de l'arracher à sa proie. C'était l'horreur absolue. Il n'avait jamais vu ça. Une telle démence. Une telle folie. Quinze ans de Brigade Mondaine ne lui avaient pas encore apporté un cas de cette dimension. L'ignominie. L'abomination à couper le souffle.

Le fou comprit enfin qu'on voulait l'empêcher de *renaître.* Son walkman toujours aux oreilles, il s'arracha à Beverly, vira comme un ressort et se précipita sur l'intrus, saisissant Corentin à la gorge tentant d'écraser de ses doigts crochés les deux carotides. Emettant des sons gutturaux qui n'avaient plus de sens dans aucune langue de ce monde.

Boris avait l'impression de se battre avec un monstre extraterrestre. Une bête enragée à forme humaine. Surpris par l'attaque, il avait vacillé. L'autre avait des muscles décuplés par la folie. Il sentait son haleine aigre, puante, contre sa bouche. Ses yeux étaient intégralement rouges de sang comme si tous les vaisseaux du blanc de l'œil avaient explosé sous la pression de la démence. Asphyxié, presque étranglé, Boris s'aperçut qu'il avait lui-même peur. Une peur mythologique, irraisonnée, à l'idée de se battre avec cet être non-humain dont la toison velue, animale, s'écrasait contre lui. Il avait affronté des criminels qui étaient pires que des tigres et plus dangereux que les plus venimeux serpents. Jamais encore il n'avait affronté ça. Cette folie pure, absolue. Comme s'il s'était battu avec un mutant.

Il se ressaisit au dernier moment et, du genou droit, parvint à lui écraser le bas-ventre. Sous le choc, il sentit qu'il broyait d'un coup l'amas de chair qui pendait entre les cuisses de Chenavard.

Celui-ci s'immobilisa. Puis, les yeux rouges pivotèrent. Vides de toute vision. Il s'abattit d'un coup, en arrière.

Boris sentit l'air, de nouveau, entrer dans ses poumons.

Titubant, il se dirigea vers le lit où gisait la superbe métisse, cuisses en croix. Il la retourna doucement sur le dos et, la main sur son sein gauche, chercha les battements de son cœur.

Elle respirait encore.

Il vacilla vers le téléphone et composa le numéro du standard, neuf étages plus bas.

Ce qui se déroula ensuite autour de lui, l'affairement des chemises bleues des policiers américains qui examinaient Beverly Archer, s'assuraient qu'elle n'avait pas été blessée et la transportaient vers une civière, puis le réveil très lent de Chenavard et son regard parfaitement vide quand il vit qu'on lui avait passé des menottes, toute cette agitation autour de lui, il la vécut à travers une sorte de brouillard. Incapable d'oublier les impressions qu'il avait eues, en se battant avec le monstre.

Aimé Brichot ne parlait pas. Il comprenait que sa flèche avait vécu quelque chose de difficilement communicable, et que mieux valait le laisser tranquille. Matt Hammer n'eut pas ce tact ni cette intelligence. Il s'approcha en bredouillant des remerciements dépourvus de la plus petite ombre de sincérité.

Boris le négligea pour se tourner vers Nicoletti.

— Bien entendu, fit-il lentement, je n'étais pas là et je n'ai pris aucune part à cette arrestation. Le mérite en revient intégralement à celui qui a la charge de cette affaire.

Il planta ses yeux noirs dans ceux de l'énorme policier américain.

— J'y tiens beaucoup, insista-t-il fermement.

***

Les rayons de soleil du matin traversaient comme des flèches d'or les rideaux de la fenêtre entrebâillée. Par cette ouverture, le vent apportait l'iode du large jusqu'au cœur de la ville et jusque dans la chambre de Boris Corentin, dans son hôtel de Sutter Street, le *Canterbury*.

— Alors c'est sûr ? Tu dois rentrer ? Si vite ? interrogea la voix essouflée de Brigitte qui surgissait de sous les draps où, depuis dix minutes, sa bouche s'activait avec la science et l'énergie du désespoir autour de cet instrument de chair vive et chaude qui, dans quelques heures, ne pourrait plus lui couper la parole.

— Tu sais, murmura Corentin, Badolini a déjà été très chic. Il nous attend demain. Il y a d'autres dingues, en France, qui n'ont pas chômé pendant notre absence.

Après une longue conférence avec Nicoletti et Matt Hammer pour faire le point sur toute l'affaire, Boris avait enfin prévenu le commissaire divisionnaire Charlie Badolini. Il était onze heures et demie du soir et c'était encore dimanche à San Francisco. Déjà lundi matin, et huit heures et demie, à Paris. Le patron s'était fendu de quelques mots de félicitations et de pas mal de reproches parce que les absents ont toujours tort. Il avait enchaîné immédiatement sur l'affaire de la Business Escort International, le réseau européen de call-girls camouflées en hôtesses, d'où Corentin et Brichot s'étaient débranchés quelques jours et sur laquelle Rabert et Tardet avaient continué à travailler.

— Et s'il m'arrivait, un jour où j'aurai trop la nostalgie de toi, de venir te rendre visite à Paris, souffla Brigitte, qu'est-ce que tu ferais ?

— Mais, ce que je fais en ce moment, murmura Boris en accentuant la pression chaude et dure de quelque chose de volumineux, contre le ventre de la jeune femme blonde.

— Salaud, dit-elle tendrement. Tu ne penses qu'à ça ?

— Et toi ? murmura-t-il, absorbé.

C'était plus fort que lui. Il n'arrêtait pas de repenser à sa lutte, hier soir, contre l'être démoniaque qu'était devenu Chenavard. Le fou allait finir dans un asile, quelque part en Californie. Beverly Archer, qui avait échappé de justesse à une mort effroyable, passerait quelques semaines à l'hôpital. Les médecins avaient jugé qu'il serait plus sage de la mettre en cure de sommeil. Pour essayer de lui faire oublier...

Jerry, elle, personne ne la ressusciterait. Ni Jean-Baptiste Saint-Christophe, l'universitaire haïtien qui avait donné un coup d'accélérateur à sa propre mort programmée par le SIDA, en tentant de mettre Chenavard hors d'état de nuire. Son corps fracassé était à la morgue. Une brève enquête avait conduit à la chambre que louait Chenavard dans Grant Avenue et à la découverte de son matériel radio. Puis à celle des micros-émetteurs dans les appareils téléphoniques de la Lovesong Inc. de Tim Greenglass.

Les démêlés de ce dernier avec la Justice allaient sûrement continuer. Surtout après le scandale auquel donnait lieu, dans la presse, et à la télévision, l'arrestation de Maxence Chenavard et les détails de ses crimes sur les demoiselles du téléphone d'Embarcadero Center.

Nulle part, comme ils le souhaitaient expressément, la présence de deux policiers français n'avait été signalée. Matt Hammer était devenu pour quelque temps le flic américain le plus célèbre de la Côte Ouest. L'homme qui ignorait le vertige.

Boris se secoua.

— Puisque l'avion n'est que ce soir, dit-il, tu sais ce qui me ferait plaisir ? Une vraie promenade de vrai touriste dans San Francisco. Ensemble. En amoureux.

Il avait dit cela si gentiment qu'elle eut un petit frisson.

— OK, fit-elle. Tout ce que tu veux pourvu qu'on ne se quitte pas. Mais avant, laisse-moi finir ce que j'avais commencé, s'il te plaît.

Par des reptations compliquées sous les draps, il la sentit descendre lentement le long de lui en l'embrassant. Quelques instants plus tard, invisible au milieu du lit, accroupie sur lui, elle l'avalait jusqu'au plus profond de sa gorge.

Ce fut le moment que choisit Aimé Brichot en toute innocence pour oublier de frapper avant d'entrer chez sa flèche, comme ça lui arrivait parfois quand il était surexcité par quelque chose. Cette fois, c'était les achats qu'il venait de faire, en homme matinal et en père qui ne revient jamais du bout du monde sans quelque chose pour les enfants.

— Boris, regarde ça, s'écria-t-il. Poilant, non, ces tee-shirts pour les jumelles ?

En somptueuses lettres d'or sur fond rouge, on pouvait lire sur les tee-shirts en question :

— *Mom and Dad went to San Francisco and all I got was this dumb T-shirt* (1) !

— Humour anglo-saxon, apprécia Corentin à qui une bouche gourmande interdisait de fixer vraiment son attention sur les trouvailles de son coéquipier.

— Remarque, j'ai acheté aussi d'autres choses, plus sérieuses, bien sûr, reprit Brichot.

Alors, et alors seulement, il s'avisa qu'il se passait quelque chose d'anormal dans le lit de Boris. De deux choses l'une. Ou bien il avait poussé une hernie carabinée à sa flèche pendant la nuit, ou alors... Les draps montaient et descendaient, soulevés par un corps vivant et en plein travail.

En une seconde, Brichot devint rouge feu. Pommettes, puis front, puis oreilles. Dans l'ordre habituel.

— A plus tard, fit d'une voix presque imperceptible l'oncle de Brigitte Quentin, tandis qu'il reculait vers la porte en se disant que les nièces d'aujourd'hui ne sont vraiment plus ce qu'elles étaient autrefois.

(1) Maman et Papa sont allés à San Francisco et tout ce que j'ai eu c'est ce stupide tee-shirt !

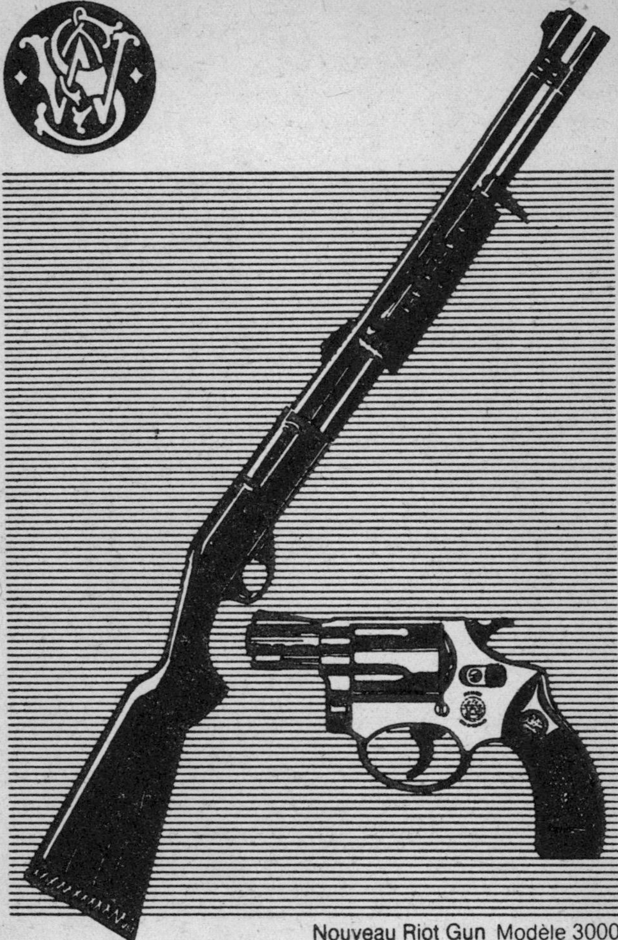

Achevé d'imprimer en novembre 1983
sur les presses de l'Imprimerie Bussière
ä Saint-Amand (Cher)

— N° d'édit. 11118. — N° d'imp. 2105. —
Dépôt légal : novembre 1983.

Imprimé en France